D1276436

En salvaje compañía

Manuel Rivas

En salvaje compañía

Traducción al castellano del autor

ALFAGUARA

Título original: En salvaxe compaña
© 1994, Manuel Rivas
© De la traducción: Manuel Rivas
© De esta edición:
1994, Santillana, S. A.
Juan Bravo, 38. 28006 Madrid
Teléfono (91) 322 47 00
Telefax   (91) 322 47 71

• Aguilar, Altea, Taurus, Alfaguara S. A.
Beazley 3860. 1437 Buenos Aires
• Aguilar, Altea, Taurus, Alfaguara S. A. de C. V.
Avda. Universidad, 767, Col. del Valle,
México, D.F. C. P. 03100

ISBN:84-204-8130-0
Depósito legal: M. 6.360-1994
Diseño:
Proyecto de Enric Satué
© Ilustración de cubierta:
Luis Serrano

© Foto: Manuel P. Rúa

Fieros cuervos de Xallas
que vagantes andáis,
en salvaje compañía,
sin hoy ni mañana;
¡quién pudiera ser vuestro compañero
por la inmensa gándara!

EDUARDO PONDAL

1.

Había trescientos cuervos peinados por el viento.

Y había una niña y una iglesia.

Un día, la niña, que siempre jugaba alrededor, notó que los animales todos y los árboles callaban. Más aún, escuchaban muy quietos, suspensos los cuervos como pinceladas de polen de un resplandor enrarecido.

Palideció de repente la luz y de la nada del Mar de Fora embistió una tormenta que hizo estallar en polvo de vidrio el cielo entero de Nemancos.

La niña, apretando contra el pecho un hijito, que era perro con lunares de arlequín, fue a buscar refugio en el atrio cubierto, donde sabía de la compañía de la orquesta de los viejos músicos y de un profeta de piedra que sonreía. Pero había también rudamente labrada una calavera que ese día la miraba con el vacío oscuro de sus ojos. Así que la niña empujó la puerta, que chirriaba, y entró en la iglesia, que era de tres naves con altos pilares, y que aquel día, sin gente, le parecía la sala de un inmenso palacio, largo tiempo preservado de intrusos.

Y se persignó en la pila, también al perro, y se sentó encogida en un banco de los de atrás, cerca de una virgen con el gesto dolorido y manto de negro luto, atravesado el desnudo corazón por siete espadas.

Niña y virgen se miraron angustiadas porque ahora los truenos resonaban tremendos, rodando furiosos por las tejas. Y a la pequeña se le ocurrió pensar que el carro de las tormentas justo allí había hecho un alto, en la cima de la iglesia, y que iba a por ella, que tenía un algo dentro, un pozo sin fondo, que a veces le carcomía el vientre y gemía por la boca del perro. Y decidió ir a ver si en la sacristía había alguien, ojalá la madre, que era la que colocaba las flores y encendía los cirios. Pero, ya de camino, un relámpago restalló en el campanario y centelleó en las partes de metal. Tal fue el tañido del trueno que se revolvieron las vísceras de la piedra. A la niña, con el espanto, no le andaban las piernas y apoyó la espalda contra el muro enjalbegado, los ojos cerrados por ver si así pasaba.

Lejano el estruendo, un trote ya por la estrada celeste que lleva a Compostela, la niña salió de su concha a la búsqueda de aire y luz y, al hacerlo, notó un polvo en las pestañas y en los labios, y vio luego a su alrededor, por losas y bancadas, un derrumbe de cal esparcido en costras grandes y en menudos copos como de nieve.

Se oyó entonces un barullo de gente, y risitas y frufrús de faldas, y algún ruido como de tramoya. Volvió la niña hacia el muro y, viendo lo que vio, el cuerpo, por el abdomen, quiso otra vez encogerse en la concha, pero no fue obedecido por los ojos, que se le abrían más por su cuenta e iban en vértigo de un extremo al otro, como en raíl, y luego en redondo, como en danza de ochos. Y la niña consiguió apartarlos por un momento por ver lo que las vírgenes decían, pero las imágenes pasmaban, no como siempre sino de maravilla.

El viejo muro era ahora una cascada de colores. Y cuando pudo dominar los ojos, la niña vio que los colores eran también formas y las formas, gente, personas y animales que llamaban por la luz y ensombrecían todo el resto. Como cegada por lo que era en demasía, retrocedió dos pasos y subió a un banco. Y desde allí, a la altura de la vista, por ir por lo menudo, reparó en una rapiña que tenía cabeza de mujer, que más que meter miedo le pareció un chiste. Pero el mayor deleite lo vivió con las damas, que eran, las más, de cuento, hermosas, vestidas como reinas y con tanta elegancia que se les veía el hilo de oro en los bordados y las mariposas de encaje que orlaban los terciopelos y la hechura de la plata en las redes de los cabellos, por no hablar del lucerío de las gemas y del precioso resplandor de la pedrería en las alhajas. Y le hizo mucha gracia que una de las hermosas montase en un carnero y más aún un demonio que allí había, asomando carnavalesco tras la cortina de la escena, con un tridente en ristre.

Y la niña escuchó unas voces que no venían de fantasía sino del atrio y llamaban por ella a la manera de la madre, que ya entraba por la puerta entre las lanzas del sol que con trinos musicales resurgen tras la tormenta para pellizcar el pellejo asustado de la tierra. Traía en brazos, envuelto en el mantón, un niño Jesús de los de verdad, que sólo ella sabía lo que pesaba, pues con él había recorrido la aldea a la búsqueda de la cría desde que le había visto la intención al rayo. Y la angustia que ella traía en los ojos toda era por aquella de las trenzas que por gracia de Dios daba brincos en la iglesia, también era por Dios que iba a darle una zurra, que sólo un milagro podría salvarla.

Mira, mamá, ¡está lleno de santas!

Y se persignó la madre de la primera impresión, y cayó de rodillas, no viendo ciertamente más que santas ricamente vestidas, sin reparar entonces en que una estaba preñada, otra mostraba un pecho con descaro, otra sostenía un cochinillo al espiedo, sin contar la arpía y aquella montada en el carnero. Y al reclamo de la madre, que salió dando voces y corría por las callejas a difundir el milagro de Arán, acudió rauda la gente del país, que eran lo menos medio centenar de vecinos pero que en tiempos fueron más y dieron para mantener casa grande y monasterio con abad. De los poderes de antaño quedaba una sotana, la de Don Xil, emparentado con el señorío, y que, volviendo al cuento, fue el último en saberlo por causa de andar a la caza de una liebre escurridiza que lo tenía hechizado. Cuando retornaba cabizbajo al pazo rectoral, con la lengua del perro vencido en los talones, observó con sorpresa que las puertas de la iglesia estaban abiertas de par en par, con candelas encendidas en el interior. Y se fue veloz el cura, temiendo un estrago de la tormenta, que a ellos había pillado por los prados y empapado las ansias, obligándoles a guardarse al amparo de un molino desde donde pudieron ver a la liebre correr inmaculada, envuelta en un halo luminoso, hasta esfumarse en el verde sombrío de los alisos.

Lo que el cura encontró en el templo fue mucha gente tertuliando en la parte de la penumbra. Como nadie le prestó atención, mimetizado en la noche como venía, y a pesar del herrado de las botas, que retinglaba en las losas, amagó unas voces de rigor, pero de inmediato se le fue el sentido tras el resplandor de los candelabros que iluminaban el muro desde el altar de la virgen de los Dolores.

2.

Habéis de saber, dijo el cura en la homilía del domingo, que no son santas sino pecadoras. Peor aún, son la engañosa representación del mal, son los mismos pecados. Esas damas de bella apariencia que encadenan los ojos si no van advertidos son en verdad tentaciones con el alma renegrida, los heraldos del infierno, las siete cabezas de una misma serpiente.

Estaba la iglesia llena, abarrotada de gente como en día de fiesta de Santa María o en Difuntos, que muchos habían acudido de la comarca para ver aquellas doncellas de Arán florecidas en el muro a las que llamaban, con no mucha propiedad por lo visto, las Santas Figuras. Y en vigilia había pasado la noche el cura preparando la homilía, como delataban las ojeras en el rostro rubicundo, que algo le decía en el interior que estaba a prueba su oficio y había de poner las cosas en su sitio. Y aunque de vez en cuando la liebre se le cruzaba por entre los surcos sepias del *Alivio de párrocos o pláticas familiares adecuadas para los pueblos*, trabajó la prédica a conciencia, e incluso había ensayado los gestos de las manos y las curvas del hablar, que tenía todo muy abandonado, enmohecidas las sagradas palabras en un rincón del desván, poseído con el paso de los años por la desgana, apesadumbrado por la mudez fatal con que se manifestaba la ley de la vida, torturado por su enlodamiento en el reino animal, aquellas debilidades que ahora se le mostraban en forma angélica, pues por el surco de las escrituras corría también la niña de las trenzas, esa que estaba ahí, enfrente del púlpito, con un vestidito azul de blancas grecas, ojos grandes de azabache que miraban a través de las cosas.

Esa que veis ahí, dijo Don Xil señalando con dedo acusador, esa que con aire inocente y mucho donaire sostiene en la mano izquierda la rama de la encina, y que con la derecha acerca la bellota al puerco, ésa, a la que protege las espaldas un caballero con loriga de aceradas escamas, ésa no es otra que la Codicia, la más chupona de las raíces del mal. Y veréis que el puerco levanta el morro hacia su señora, pues después de una bellota quiere otra, y cuando ya no haya, hozará en la tierra, que así hace la codicia con las personas por ella poseídas, que todo lo quieren, lo suyo y más lo ajeno, y no paran de intrigar hasta conseguirlo. Una misma persona son el puerco, el de la loriga y la dama, pero es ella, la mujer, la que encarna el pecado.

Y no miréis tampoco con buenos ojos a esa otra de al lado, esa tan presuntuosa, coronada, vestida de bermejo y con apariencia noble, pues no es otra cosa que la Soberbia, con un espejo en la mano y el pavo en la otra. El color tan llamativo no engaña a nadie que no se preste. Rojo es el fuego del infierno y rojo viste con sangre colérica ese que gobierna sus hornos, el cornudo que en el fondo dirige toda la estampa, al acecho de los incautos, sacándonos la lengua.

Todas son parentela, pero la que ahora viene, más hermana es de la primera y se llama Avaricia. Va con el vientre abultado, como preñada, pero lo que lleva en las entrañas no es criatura sana sino el fruto despreciable de la avidez, a la manera de las sanguijuelas, esos gusanos insaciables que llenan el frasco que sostiene en la mano.

Ved cómo engañan las figuras, pues esa dama de buen ver, de encarnadas mejillas y melena negra, ésa no es otra sino la Ira. A las personas de esa naturaleza, a las venadas, les tira la mano al hierro, y he ahí la espada, fuera de la vaina, y en la otra mano la antorcha encendida que despide humo, y dicho está *Fumantem viri nasum ne tetigeris*, o sea, No toquéis la nariz de un hombre que echa humo.

Y aquí tomó Don Xil un respiro, dejando vibrar las cuerdas del latín. Y le pareció que seguían la plática muy atentos, pues bien acompasados los unos con los otros, a él volvían las cabezas luego de reparar en las pinturas del fresco, aunque quizás la gente se movía en otra perspectiva y buscaba el humo en su propia nariz y los coloretes en sus mismas mejillas, pues tenía fama el cura, entre otros atributos, de ser de muy airada naturaleza.

Y como cada uno, allá en el fondo, conoce sus defectos y de qué pie cojea, algo más de reparo le entró con la siguiente dama, la que iba altiva a caballo del cabrón y acariciaba una perdiz, que era ahora el centro de las miradas y pedía una condena a la altura de tanto desafío. Don Xil pensó que Dios era ciertamente algo temible y que movía implacable los humanos hilos. Todo lo que estaba ocurriendo sólo podía entenderse como el aviso inequívoco de que estaba en el punto de mira divino, y eso le aterrorizaba, pues su fe, que la tenía, no era la intuitiva y sentimental de los inocentes, que tanto envidiaba y en el fondo le irritaba, sino la absoluta seguridad de que Dios existía, de que en efecto era todopoderoso y de que su paciencia tenía un

límite. Aunque no podía proclamarlo, la mejor manera de llevarse con Dios era pasarle inadvertido, y lo
peor que podía suceder, al igual que cuando un señor
clava sus ojos en un siervo que por allí andaba distraí-
do o cuando un humano nota la presencia de un bicho
en la vertical del dedo matapulgas, lo peor era que por
alguna razón el Altísimo se fijase en él, que lo locali-
zase en la remota aldea perdida en el tiempo con su
lupa de infinitos aumentos.

    ¡Suéltame, Dios, suéltame!

    Pero no fue eso lo que gritó, sino que con
dedo acusador señaló a la de pelo rizado, la que acaricia la perdiz y monta en el que monta. ¡La Lujuria! Y
notó cómo le leían en los labios, cómo oían una cosa y
escuchaban otra, y contó hasta diez y fue con parsimonia, que nadie olvidase que sobre todas las cosas,
sobrevolando la ciénaga, él era quien era. Él era la
Palabra, la voz del más Allá. Y perdió el miedo a todos, también al mirar de la niña. Ésa, la que lleva un
paño cubriendo las vergüenzas, es una criada del Demonio, para él trabaja a todas horas, y la fruta de su
goce pasajero sólo es la perdición. Hace repugnante
al virtuoso y esclavo al señor, estraga los bienes de la
tierra y nos aparta del cielo. Montar, monta un carnero, bien se ve, que es la forma del apetito sin freno por
los actos impuros, pues os iréis dando cuenta de que
estas pinturas, que de antiguo llamaban alegorías,
muestran lo que quieren sin mostrarlo. Así, si la de
rizos acaricia la perdiz, no penséis que es en inocente
gesto. Quien sepa de estas cosas del reino animal, y
entre vosotros hay cazadores entendidos, dijo él por
hablar en modestia, no desconocerá el insaciable deseo de esta ave, capaz el macho de arrastrar a la hembra y deshacer la nidada en salvaje coito.

Era mucha gente para tanto silencio y el cura, mirándoles de hito, pensó que quizás se había excedido en los detalles, que notaba como ruedas en la lengua, que se le iba con vida propia, como seguro que se le fue la mano al diablillo anónimo que pintó el antiguo fresco, hermoseando los vicios con la excusa de combatirlos, calentando la cabeza a los incultos con imágenes lascivas, pues qué impotentes son a veces las palabras frente a los colores, esa combinación explosiva de secretas tentaciones y ardorosos anatemas, y quién podría resistirse al llegar a casa y verse solos, hembra y macho, carne con carne, piel sobre piel galopando en la memoria la de rizos a horcajadas de la bestia y acariciando la perdiz. Él mismo, agitado en los adentros, notaba en la punta de la lengua el sabor salado de la piel de la nostalgia, revivía las escenas de la caída como si fuesen el momento decisivo de la existencia, y se dio cuenta, fue sólo un destello feliz y doloroso como centella que acierta en los ojos, de que la niña, la niña de las trenzas, aquella niña prohibida, flor maldita, sembrada en campo de otro, había sido su única obra, la única huella de un camino sin retorno.

Y esa otra dama de cuello alargado como ave a la que llaman grulla y que sostiene un cochinillo al espeto, vese bien que es la Gula, que es el pecado de comer a lo bruto y sin medida, que hay gente a la que toda el ansia se le va en el rancho. Si tiene el pescuezo tan fino y estirado, en contraste con la abultada forma de la tripa, es para mejor disfrutar de lo comido. Y luego viene una de cara más bien flaca y consumida, esa que lleva un corazón entre las manos. No creáis que es por penitencia o por pena de amores. El corazón es el suyo y va a meterle el diente, tal es la Envidia, que por el bien o prosperar de otros ella sufre. Fijaos con atención en sus cabellos. ¡Serpientes son enroscadas en figuración de malos pensamientos!

Y ya no hay más damas que la que está en el ataúd. El final del pasaje. La Muerte, ese esqueleto que en el extremo del muro tensa el arco, no perdona a ninguno. Allí donde para los bienaventurados comienza la vida verdadera, para los pecadores es el inicio de un viaje atroz, pues esa flecha emponzoñada los precipita al fétido calabozo donde ya no hay colores, de no ser las lenguas ardientes del alquitrán.

Bien sé yo, dijo ahora el dómine con voz más grave, que los feligreses tomaron a confidencia, bien sé yo que en esa encrucijada no cuentan los amigos ni los favores y que nunca se sabe cuándo está el cántaro lleno. Por un pecado de nada puede ir el amigo al Infierno, pues son los poco fervorosos los que más enojan a Dios, y así como el Señor tiene nuestros días contados, también los tiene los pecados que nos va a permitir, a unos dos, a otros diez, a otros ciento. Pero, ¿cómo saberlo? A los de Sodoma les aguantó muchos y grandes hasta que perdió la paciencia, pero a los de Damasco ya sólo les aguantó tres. Y a Moisés, que era íntimo suyo, por una sola culpa le quitó Dios la vida en el desierto y lo privó de entrar en la Tierra Prometida. Y por un pecado venial que cometió David, le envió el Señor una peste de tres días que mató a setenta mil.

Y aun diciendo Amén, muchos muertos les parecieron a todos por una cosa leve, excepto a Rosa, la niña de las trenzas, que contaba con los dedos y que no apartaba los ojos del esqueleto, pues juraría que no estaba allí el día del descubrimiento.

3.

Y resultó que el último rey de Galicia fue preso
por su hermano Don Alfonso, rey de León, y vivió cauti-
vo hasta la muerte en el Castillo de Luna, dieciocho años
con grilletes en los pies, que así pidió que le diesen sepul-
tura en Terra de Foris, encadenado como había vivido.

Y por eso habita ahora en el bosque, allá por
la Serra da Pena Forcada, que hay quien lo vio entre
Canladrón y Home do Lazo, un cuervo blanco con
grilletes de plata y bola de azabache.

Y todos esos que vuelan, dijo la señora señalando de repente para la ventana donde se veían los campos de fuera, esos todos, los que van contra el viento,
son sus guerreros. ¡Los trescientos cuervos de Xallas!

Los cuervos traen mala suerte, dijo Rosa desde el fregadero. Estaba arremangada y tenía las manos moradas bajo el grifo de agua fría. Pero también
ella miró por el ventanuco, allí por donde entraba la
luz de la porcelana.

¡Qué va, mujer!, dijo la señora con esa sonrisa
que llevaba prendida y a la que las arrugas se habían
ido haciendo como guiada la piel por una dulce determinación. ¿Sabes? Los cuervos mantenían con pan a
los santos de la montaña. Llevaban a San Antonio un
mendrugo de pan en el pico.

Yo, una vez, dijo el niño mayor abriendo mucho los ojos como si recordase un sueño, vi un cuervo
comiendo una bolsa de patatas fritas.

¿De qué marca eran?, preguntó la niña, dándole con el codo.

Eran de las que tienen sabor a cebolla.

No me gustan, dijo la niña.

A mí tampoco, continuó el niño. El cuervo estaba arriba, en el tejado, sobre la chimenea, y con el pico abrió la bolsa, así, con mucha maña, sosteniéndola con las patas, y luego fue sacando las patatas una a una.

¡Puaf! Saben horrible, dijo la niña. Y pican en la lengua.

Pues a él le gustaban.

En realidad no eran guerreros, volvió a contar la señora. El rey de Galicia no era muy de espada. Tenía por amigo al rey moro de Sevilla, y también, al norte, al rey normando. Este rey era padre de una princesa hermosísima, muy rubia, y con la piel tan blanca que cuando bebía vino tinto se le veía bajar por el cuello. Iba a casar con el rey de Galicia. Pero éste fue hecho prisionero y el rey normando murió sin poder acudir en ayuda del gallego.

¿De qué murió?, preguntó el niño.

Creo que cayó de un caballo, dijo la señora. A veces los reyes mueren de esa manera.

En ese preciso momento, Simón, que estaba adormilado en el fondo de la mesa, apoyada la cabeza en la pared, con la boca entreabierta y los ojos cerrados, volvió al mundo algo asustado y miró inquieto a su alrededor.

Y si no eran guerreros, ¿qué eran entonces?, volvió a preguntar intrigado el niño.

Poetas, dijo la señora, mirando de nuevo el torpe volar de las aves a contra viento, como si quisiesen atravesar un invisible vidrio. El rey de Galicia tenía un ejército de trovadores, armados con arpas, cítaras y zanfoñas.

Yo oí decir, se le escuchó a Rosa, que fregaba ahora una caldera de cinc, oí decir que los cuervos eran también difuntos de un hambre grande que hubo.

Sí que la hubo, dijo la señora. Fue por una peste de la patata. La gente comía hierba y los labradores iban a morir a las calles de las ciudades, donde estaban los almacenes del grano que ellos mismos habían sembrado. Iban harapientos, escuálidos, llamando inútilmente en las aldabas de los portales. Algunos, quizás los más fuertes, se mataron por no pasar la vergüenza de pedir. Se ahorcaban al amanecer en los manzanos. Otros muchos marcharon a América, amontonados en las bodegas de los barcos, como esclavos.

¿Eso pasó aquí?, preguntó el rapaz.

La niña había salido afuera y volvía ahora a todo correr.

¡Es cierto que hay un cuervo!, gritó. Está en la chimenea.

Y claro que lo había. Estaba allí, a ver qué pasaba, y al servicio del rey de Galicia.

Entonces Rosa mandó callar, cerró el grifo y se puso a la escucha. Luego se secó las manos en el delantal.

Es el pequeño, dijo resignada. El pequeño que llora y la cena sin hacer. ¡La noche que me espera!

4.

Y cuando la noche llegó, no cubriéndolo todo sino abriendo el libro celeste de las doce láminas, el cuervo de la casa levantó vuelo con el capuz calado y fue a dar las novedades al rey de Galicia.

El marido, informó Toimil con tono de desprecio, llegó zumbando en coche, y al bajar creo que bamboleaba, pero se recompuso y entró con mucho estruendo. El niño, que ya se había calmado con los cuidados de la madre, volvió a llorar. Y como él seguía dando voces, Rosa también las daba.

¿Y la señora?

La señora se había ido por la sombra. Simón le mostraba el camino.

En la mesa había dos copas de vino de Oporto y peces de galletas salados, y aquello, por lo visto, lo incomodó más, pues dijo que ya estaba bien de tantos cumplidos, que aquella vieja era, era..., y no se oyó porque Rosa mandó a los niños ir a la cama, ponerse el pijama y rezar.

¡Llega uno y lo tratan como a un perro!, dijo el hombre.

¡No hables así delante de los niños!

Hablo como me sale del carajo. ¡Estoy en mi casa!

¡Bebiste!

¡No me hagas jurar!

Se huele en el aire, dijo Rosa, acercando la mejilla a la del crío que mecía en brazos. ¿Crees que no se nota?

¡Claro que bebí!, gruñó él, tomando de un trago una de las copas. Pero el olor ya estaba. ¿Así que le gusta el vino dulce a esa zorra?

Rosa esperó a que pasaran los sollozos del que tenía en el regazo, se sentó y lo cubrió con el chal. El hombre se acercó al fuego, se frotó las manos y luego empujó un leño con la bota hasta que cedió en pavesas la parte que era brasa.

Ella vino para hacerme compañía. Entretuvo a los niños.

¡Es como una meiga!

No digas tonterías.

¡Te tiene embobada!

Rosa calló un rato, como dando por bueno el hechizo. Miraba abstraída la bota del hombre que presionaba el leño.

Ella, dijo por fin con calma, como si el pensar en la otra le trajese serenidad, ella no habla mal de nadie. Parece de otro mundo. ¡Está siempre tan feliz!

¡Así cualquiera!, bramó el hombre, girándose de repente hacia la mujer. ¡También yo estaría en el cielo! Mantenida a cuenta de otros...

Pero, Cholo, si casi no come. Pica en una hoja de lechuga y luego anda con infusiones de hierbas.

...Y con la criada de balde.

Voy cuando quiero. Nadie me obliga.

¡Y aún lo dices! La cena sin hacer.

Rosa se levantó airada. Fue al fondo de la cocina, abrió la despensa y volvió, el niño en un brazo, con un plato lleno de carne, repollo y patatas cocidas.

¡Ahí la tienes!

¡No me tires el plato como si fuese un cerdo!

El pequeño se echó a llorar de nuevo. Ella subió las escaleras con el niño en brazos.

Antes..., antes pensabas de otra manera, dijo aún desde el descanso.

Antes, antes..., murmuró el hombre delante del plato.

Todos pensabais de otra manera. ¡Venía la rica! ¡Venía la rica! ¡Mucho cuento!

¡Mujeres!, exclamó el hombre para sí. Había sacado un fajo de billetes sujetos por una goma y los estaba contando. Luego los guardó y se puso a comer con ansia. En el sobrado correteaban los niños, aguijoneados por órdenes agrias.

¿Qué hacéis en la televisión?, gritaba Rosa. ¿No os dije que fuerais para la cama? ¡Todo el día viendo porquerías!

¡Mujeres!, repitió. Él sabía cómo calmarla, cachonda que había salido. En una hora estaría montándola y ella gimiendo ensartada a su cuerpo, rendida, bien domada.

Fíjate, Toimil, dijo el rey de Galicia, leyendo con melancolía en la noche estrellada. Se fue el sol tan alto como la cabra y luce el cielo los coturnos dorados. Y nosotros, aquí, viéndolo todo desde las cenizas de un astro marchito, esclavos de una pesadilla a la que llaman Historia. ¡El mundo está helado, Toimil!

Debe ser el reúma, dijo el cuervo de la casa, pero es cierto que este invierno me tiene algo fastidiado. Con licencia, señor, ¡quién pudiese catar un vino Amandi en ánfora de Buño!

5.

Y andaba Rosa a la caza de un ratón, que le daba grima saberlo en la casa y que todo lo tocara y olfateara. Y tenía la cocina como una patena, sin pizca de polvo en los rincones ni en los bajos de los muebles, y el suelo fregado con lejía y abrillantado con cera. Y puso ambientadores con perfume a limón. De las cosas de comer, lo que no tenía en frío lo envolvía en paños blancos y papel de aluminio, no sólo el blando sino también lo que venía en su lata o en caja, como las sardinitas de La Onza de Oro o las galletas de María Fontaneda, tal fue la guerra que le entró. Y con el asco de que explorase en los paisajes azules de los platos y fuentes, donde sin ella saberlo se contaba la historia de una princesa china que huyó con el amante prohibido convirtiéndose en tórtola, antes de ir a dormir cubría también la vajilla con un mantel.

Sólo dejaba, en medio de una repisa de mármol, una ratonera con el cebo de un trocito de queso.

Y al despertar esperaba un poco para que el hombre bajase primero, temerosa de ver lo que ya había visto en la imaginación, el cuerpo machacado por el hierro del resorte. De hecho, abría los ojos creyendo haber oído el ruido de la trampa. Pero cada mañana encontraba el trebejo intacto, menos el cebo, que ya no estaba, todo lamido el gancho. Y como el queso del país era muy blando, compró un taco de manchego, que no le gustaba por lo duro, pero lo papó todo también el ratón en pequeñas raciones. Y entonces Rosa le puso chorizo, bien preso en la parte del tocino, acortando hasta el límite la distancia del fijador que, al soltarse, accionaba la ratonera, y echó unas gotas de aceite para hacerlo más resbaladizo, tan en el aire todo que ella misma tenía miedo de pillarse la mano. Pero aquél era un demonio de bicho que no caía y hacía que el hombre se burlase antes de irse por la puerta. Rosa lo imaginaba saliendo por vete tú a saber qué agujero, que ella había inspeccionado toda la cocina sin ver nada que pudiera servir de mínimo refugio para un puñado de sombra, pues orificios había en el remate de los zócalos pero eran para hormiga, y había hurgado en todo sin encontrar más alma que arañas somnolientas en las esquinas, pero, salir, salía por alguna parte y ella lo veía asomando con una sonrisa resabiada y los ojos achispados, espiando el territorio de la mujer como en caricatura viva de una serie despiadada de dibujos animados, porque él, saber, sabía quién era su enemigo, a quién repugnaba, quién preparaba cada noche con manos nerviosas la celada. Y tenía que notar su olor, el de la mujer, en el cebo y en la trampa, en las cosas de comer, en los paisajes azules de la vajilla, en la estancia toda donde sólo ella no estaba de paso y reinaba a la manera de las criadas.

Un día de viernes, por probar, le puso pescado fresco con la piel bien sujeta al resorte. A la mañana, lo encontró tal como lo había dejado. Saltaba a la vista que aquel ratón era de buen diente. ¡Por lo menos hoy pasarás vigilia, pecado del demonio! Pero luego vio, por las cagarrutas, que había andado en el banco del llar, y algo le dijo el sentido porque abrió el periódico que allí estaba y encontró medio roída, sin cruces, la página de las esquelas.

Así que la historia del ratón se convirtió para Rosa en una pesadilla que a nadie contaba. Escuchaba silencios, veía nadas. Y tantas vueltas le dio la cabeza que, para no tener nada que decir, ni siquiera que sí, tengo ratones en la casa como tiene todo el mundo, aprovechó un viaje del hombre a Coruña para que le comprase veneno. Era una cajita de cartón de fondo rojo con una silueta en negro, más de rata que de ratón, y en la que leyó, sosteniéndola algo apartada con la punta de los dedos, *Racumín, rodenticida para roedores comensales.* Y luego, subrayado, *Un solo bocado basta.* Y se puso unos guantes de goma de color naranja y la abrió y vio que dentro traía unas bolsitas en papel de plata que no se podían romper con la mano. Y fue a buscar unas tijeras al sobrado. Y se le ocurrió pensar que mientras ella estaba arriba, el demonio del ratón había salido del agujero y, con unas lentes que tenía para leer, andaba deletreando la fórmula: Sul fa qui no xa li... na. Y cuando encontró lo que necesitaba, bajó a todo correr para ver si lo sorprendía. Pero ya el ratón había vuelto a la cueva. Rosa cogió la caja, repasó de reojo la leyenda, fijándose un poco en la palabra *bocado,* y cortó en ángulo por la esquina las bolsitas, no una, ni dos, sino que abrió las diez que eran, y las fue colocando por todos los rincones de la cocina. Y dijo a Simón que no entrara en la casa ni gato ni perro, y a los hijos que no tocasen nada por allí y no jugaran en aquella parte de la casa. Pero el niño, sin oírla muy bien, ya se acercaba a una de las esquinas, preguntando qué es eso, mamá, tan bonito, de papel de plata, y ella le dio un bofetón, que se le fue la mano, ni mirarlo, ¿oyes?, ni mirarlo. Y él se volvió sin llorar, el rostro colorado, de una manera que parecía decirle estás loca, mamá, estás loca. Y aquello la puso aún más nerviosa y los empujó hacia el piso. Y por la noche, cuando fue al cuarto de baño, antes de acostarse se vio en el espejo y tenía unas ojeras grandes y notó tal cansancio que pensó que iba a enfermar. Y ya en la cama, cayó rendida, con el pequeño a su lado, sin ponerlo en la cuna. El hombre, cuando vino, que llegó tarde, algo notó, que se acostó de espaldas, con un brazo caído hacia el suelo.

Por la mañana, la mujer fue esculcando cada uno de los montoncitos de granos rosados de veneno Racumín, con reclamo de plata. Bien se veía que nadie los había catado, que nada había ni roído ni esparcido, pero con la esperanza de que un bocado, aunque sólo uno fuese, sí que lo habría tomado, lo dejó hasta el domingo, pues ese día ya no quería veneno en casa. Y esperó. En realidad, no paraba, todo el día atareada, pero con la mirada alerta, atenta al suceso de topar por fin el cuerpecito peludo muy tieso, patas arriba. Había oído decir que los ratones, cuando otean la muerte del veneno se echan fuera de la cueva, a la luz del día, buscando no se sabe bien qué, idos, sin importarles la presencia de la gente, y van a caer en un claro, en el punto más visible, en el centro centro.

Pero nada pasó y a Rosa se le pusieron violetas las ojeras, y tal era la angustia que le entró, que perdió el ansia de comer y lo que tenía de humor. Eso se notó en el resto, porque Simón, que era su hermano, y que nunca encontró el habla por algo que le pasó de crío, un mal aire, decían, por jugar dentro de un sepulcro vacío que había allí en el camposanto, pues bien, él, Simón, cuando estaba en la casa, pasaba el día metido en el cuarto, escuchando rancheras y corridos mexicanos, que mucho le gustaban, tanto como los caballos, que cuando montaba en uno se le ponía el rostro tan feliz que daban ganas de llorar al verlo así, como un rey.

Y por aquellos días ella también dejó de ir donde Misia, la señora que había vuelto al viejo pazo de Arán. Y algo notó ésta pero no se extrañó, porque ya todos se habían ido apartando de ella desde que llegó sin hombre ni tesoro y con aquellas rarezas, como sólo comer verduras y pasear por los caminos en bicicleta, con pantalones o con las faldas recogidas, y con sombrero de segadora al modo de San Cosme, paja encintada en negro, con la gracia de una pamela de señorita. Y lo que aún daba más que hablar era que todo lo que parecía tener lo había gastado en comprar un rebaño de ovejas, que andaban a su aire, hasta la noche, en que las recogía y las metía en casa por la puerta de la gente.

El gran deseo de Rosa era cazar el ratón antes de que llegara Navidad.

Hasta que un día, ya en vísperas, lo vio.

Y el ratón la vio a ella.

Rosa estaba de pie al lado de la mesa, mondando fruta para las papas del crío, y los ojos se fueron por sí solos hacia la repisa de la cocina, y tardó algo en ser consciente de que efectivamente eso que ellos miraban, que hasta podían contar los pelos del bigote, eso que permanecía a su vez observándola, era él, el ratón. Para su propia sorpresa, no se asustó ni gritó. Se contuvo serena, cortando ahora el plátano en rodajas, un ojo aquí y otro en el bicho. Y después de eso, con una calma de manos que la tenían maravillada, se puso a aplastar la fruta con un tenedor. Y al terminar de componer el plato se le ocurrió probarlo, no a la manera en que siempre lo hacía, rápido y a la ligera, sino con lentitud y relamiendo los labios en la justa dirección del intruso. Y fue entonces cuando éste dio la vuelta y se echó a andar y, también con mucha parsimonia, se puso a trepar por el tubo del gas. Y vio entonces que no era fino sino grueso, culón patoso, con unas cachas desmesuradamente grandes. Y cuando llegó a la plataforma baja del calentador, en lugar de desaparecer en un santiamén, aún se acomodó y volvió a espiar por ver si ella seguía con la merienda. Pero ya Rosa había perdido aquella paz y corría con el cuchillo en la mano, gritando fuera de sí, puerco, hijo de puta, cabrón, miserable, y metía la punta del cuchillo por entre los hierros sin notar otra cosa que metal. Y luego dejó el cuchillo y con un mirar helado apretó el encendedor automático y giró la rueda del gas al máximo, de tal manera que salió una gran llamarada. Mucho le hubiera gustado, en aquel momento, que el tufo del butano fuese también de pellejo y carne chamuscada.

Pero el ratón volvió al día siguiente, a la hora de preparar la papilla. Y esta vez la mujer, compulsivamente, tiró el plato contra el altar en el que andaba, toda la fruta esparcida por la pared, y aun así poco corría el ratón, apartando los trozos de la porcelana, impelido a huir pero de mala gana, que pena parecía sentir por no catar el postre del bebé. Y otra vez se fue por donde había venido, tirando de la culera y sin gracia en el rabo, como si lo llevase por llevar.

Rosa encendió el calentador, más que nada para tener un respiro, sin mucha esperanza de darle espanto a aquel bribón. Pero luego lo pensó mejor, lo apagó todo y se puso a desmontar la chapa. En principio, no vio nada que pudiese dar albergue en aquel laberinto metálico. Pero cuando ya iba a dejarlo todo en el sitio, se fijó en que la plancha que sujetaba el aparato al muro tenía unos círculos, y que uno de ellos, en lugar de mostrar el blanco de la pared, se presentaba oscuro, y hurgó allí con un palo y notó que era profundo pero que el palo no podía proseguir porque hacía curva. Y la mujer se puso a maquinar mientras limpiaba el estropicio. Y sin hacer mucho caso del pequeño, que ya llamaba por la comida, se fue al cobertizo y cogió unos puñados de cemento de un saco que el hombre tenía por allí, y lo preparó sin mezcla ni nada, sólo con agua, que así le parecía iba a ser más resistente, y lo fue metiendo bien prensado por el agujero.

Aquella operación, haber tomado la iniciativa, le amainó el temporal, y, después de varios días de desasosiego, pudo dormir tranquila.

Y como estaba algo más fuerte, por la mañana temprano bajó la primera a la cocina y vio, con alivio, que nadie había removido lo hecho, y no le dio mucho crédito a lo que le dijo el hombre entre risas de que los ratones prefieren roer el cemento seco. Para su desgracia, esta vez no mentía, pues al día siguiente, y a la hora de la merienda, Rosa lo vio descender por el tubo, que ya un sentido la había alertado, y sin pensarlo dos veces, sobreponiéndose a las ganas que tenía de llorar, ya no lo dejó bajar y golpeó con el puño en la chapa del calentador y luego metió los dedos por el orificio, arañando con rabia en el cemento.

Más tarde, al prensar la fruta y limpiarla apartando las durezas y las pieles, le vino al pensamiento lo más terrible que podría suceder en una garganta. Decidida, volvió de nuevo al cobertizo a por cemento. Ya en casa, extendió en el suelo un plástico y sobre él, pegando con un martillo, rompió una botella de vi-

drio, y fue martilleando los trozos hasta hacerlos muy
menudos, como agujas cortantes. Y del costurero cogió todos los alfileres y los echó también en la masa.
Con muchísimo cuidado, metió la pasta espinosa en el
agujero roído, empujándola y amazacotándola con la
cabeza de un cincel, pero aun así, sin querer, se cortó
la yema de un dedo y lamió eso que llaman un hilo de
sangre pero que en su caso era un pétalo.

Y aquella sangre del sacrificio le dijo que
esta vez había vencido a la pesadilla.

6.

Y cuando el ratón consiguió abrirse paso por la juntura de las piedras, que mucho trabajo de Dios le costó, tocado de alfiler en el morro como iba, y después de bajar por la escala de hiedra, maldijo la intemperie, pues hacía un frío que cortaba el aliento, tiros de espingorda las corrientes del aire y decidió volver por la puerta principal como un señor y decirle, rompiendo por una vez las reglas de los que están de la otra orilla, que la casa era tan suya como de ella.

Pero cuando en esas cavilaciones andaba, le salió al paso un cuervo, que mucho imponía con el capuz y aquel sayón de negro jaspeado.

¿Adónde vas, Xil de Arán?, gritó el cuervo con mucha autoridad, que más que interrogante sonaba a admonición.

¿Y a ti qué te importa, si no es mucha la pregunta?, respondió el dómine, en verdad algo molesto porque le acertasen con la persona.

¡Un paso más, Don Xil, y date preso!

Tengamos la paz en fiesta, dijo el ratón un poco embrollado por el miedo que le había entrado, pues no sabía muy bien cómo afrontar aquel inesperado contratiempo. Pero le vinieron a la cabeza los latines de antaño y con ellos la fuerza del tónico conjuro para hacerse valer. *¡Elephantem ex musca facere!*

No la molestes más, Don Xil, ya bastante le has hecho, dijo el cuervo sin dejarse impresionar.

No se de qué me hablas.

Y se leerán públicamente las causas de todos los mortales desde Adán hasta el último que nazca en este mundo. Y se abrirán los libros de las conciencias que estuvieron cerrados por el tiempo de la vida. No me tires más de la lengua.

San Juan no eres, dijo por fin el ratón, que había quedado traspuesto. ¿Tú quién vienes siendo?

¡Toimil de Bergantiños, protonotario del rey de Galicia!, se presentó el cuervo, y lo hizo con solemnidad no por petulancia sino para que se le notase educado en las buenas maneras.

Y siendo así, entre gente importante, ¿no podríamos llegar a un apaño?, replicó Don Xil recuperando el resuello, pues le pareció el cargo un poco fantasioso, sabiendo él, leído como era, que no había más reyes que los de las Españas.

¿Ves aquella luz que acaba de encenderse?, dijo Toimil, a punto de perder la paciencia. Vuelve a haber vida en el pazo. Allí está tu sitio, no en la de los caseros.

¡Me empuja el corazón para esta casa!, exclamó Don Xil con rostro pesaroso, que quizá no era fingimiento.

Iba a decir Toimil que ahora llaman corazón al comestible, pero calló porque era tan elegante como recto. Lo que sí dijo fue que el mandato era terminante y que el ratón debía procurarse acomodo en el pazo, cosa para él no muy difícil pues lo conocía como la palma de la mano, desde el horno del pan hasta los desvanes, sin olvidar los hórreos y el palomar con la veleta de bergantín repujado. Y que allí tendría bastante que roer, pues había de nuevo conveniencia. De no cumplirlo, el ejército del rey de Galicia lo pondría en su sitio.

No veo tal armada, dijo Don Xil con comedia y por saber.

Todos esos que ves, respondió Toimil señalando muy serio a los semejantes, siempre en torneo con el viento. ¡Los trescientos cuervos de Xallas! De entre ellos hay doce hijosdalgo que te tienen fichado por orden real. ¡Estás en custodia, Xil!

El antiguo páter observó con atención las maniobras acrobáticas de los cuervos. Habían estado allí toda la vida, merodeando el paisaje como una legión de vagabundos harapientos y famélicos. Nunca había notado en ellos nada de noble, nada de distinción en su vuelo desastrado. Pero ahora, fijándose bien, aquella misma torpeza se presentaba como una pesadumbre heráldica, como si su volar fuese una forma de laboriosa escritura en el pergamino del tiempo. Los signos que trazaban con porfía marcaban de gravedad el paisaje. Si ellos no estuviesen, pensó, Arán sería un decorado más trivial. No se podría representar el alto asunto de la tragedia insoluble.

Desde el punto de vista terrenal, esa disposición me parece arbitraria, dijo por fin con tono resignado, convencido ahora de la seriedad de la situación. No creo que esté bien que ese rey gobierne el sentimiento.

Ése es el reino que nos queda, pensó Toimil. El de Galicia es un pobre rey de corazones. Mas el protonotario del rey habló sin contemplación.

¡O el pazo o el Infierno!, gritó Toimil, extendiendo con firmeza la negra ala hacia la casa grande que dominaba la colina, estampada en un romántico añil de crepúsculo.

7.

Y cuando venía la noche leonada, derrotados
ante la televisión los cansados linajes de la aldea, mucho placía a la señora desnudarse en el dormitorio al
lado del brasero avivado, por si algún día se le calentaban los pies, que andaba en los inviernos con medias y tres pares de calcetines sin que bajase la sangre
a los dedos, que no era cosa de la vejez, que ya de
niña, antes de ir al lecho, se los lavaban en agua hervi-
da sin nunca escaldar, y luego le pasaban la plancha
por las sábanas, pero cuando despertaba ya no notaba
los pies por el frío y tenían que darle friegas a mano
para que volviese el color y poder apoyar en ellos. Ser,
era una cosa de la familia, pues andaba fresca por el
resto y sentía como intenso este placer de ahora, el lamido frío del lobo de la noche por la espalda, las cariñosas lenguas del calor que gatean por delante, con
vagar, ciñéndose como hiedras ardorosas por los muslos, y, apoyando caderas arriba, trepan por los senos y
en ellos se demoran en espiral los labios hasta que
despierta la flor de los pezones, no a la manera de antaño sino más recreada, como loto o camelia, y después enganchan en el cuello y besan toda la cara, primero delicadamente, después a lo loco, con los dedos
del fuego enredados en el pelo, sujetándola entrelazados en la nuca, pues ella dobla y baja hacia el amante,
rotando la cabeza con los ojos cerrados. Y cuando
giró, como de repente, volvió a apoyar las manos en

las rodillas y dobló de tal manera que las hojas de pan de oro prendían temblorosas en las nalgas. Pero fue ver y no ver, porque de pronto, como si perdiese el hilo de un sueño, estiró el cuerpo y abaneó la cabeza, peinándose de pasada con los dedos, y muy rauda, viéndole los dedos al frío, se puso un pijama de franela que a Don Xil de Arán le pareció de hechura de hombre, aunque no pudo reparar mucho en ese pormenor porque ya la señora se acercaba al tocador y encendía una lámpara.

El estallido de luz lo dejó atontado y Don Xil, en lugar de huir por donde había venido, quedó encogido contra la base del espejo, que era esmerilado en cisnes todo el borde, justo detrás de una cajita de cartón en la que se veía una hermosa mujer con una joya perforada en la nariz, que bien podría llamarse Nostalgia por el mirar, pero lo que allí ponía era *Henna of Pakistan*, protegido también de la vista de la señora, de momento, por un bote en el que leyó *The Body Shop*, y a continuación *Against animal testing*. Los dedos de la mujer danzaron y tantearon por la zona pero finalmente se detuvieron en las pinzas de depilar. Y pudo Don Xil domar la parte de miedo que andaba en los ojos, pues el tiempo no pasaba o iba con mucho vagar por las canas de las cejas de la que estaba en el espejo. En los adentros, tanto como el efecto de la súbita claridad, le temblaba la memoria reciente de su sobrina desnuda, el cuerpo tenuemente iluminado por la luz de las brasas, aquella forma de bañar la piel como una vidriera atravesada por el poniente del fuego, y, sobre todo, la revelación de aquel cuerpo que era en la vejez lirio, tan mórbido y duro a un tiempo parecía, que ésta es la manera misteriosa en que a veces se detiene el tiempo. Y maravillábase ahora Don

Xil, asomando el morro sin cautela, de la gracia con que armaba y desarmaba un moño, cómo peinaba los cabellos hasta dejarlos lacios y con un brillo uniforme y cómo luego volvía a rizarlos sólo con el bucle de los dedos. Cuando pareció satisfecha, pasó la señora la lengua por los labios y los mordisqueó, y luego embelleció uno con otro. Sin dejar de mirarse, devuelta la imagen con la sonrisa melancólica que los espejos reservan en familia, abrió Misia el cajón de la coqueta y trajeron las manos una alhaja que al abrazarse en el cuello se vio que eran hojas de acebo con bayas de azabache engarzadas a la antigua manera. Y ahí fue que Don Xil vio todas las damas que habían recorrido los pasillos del pazo de Arán y pasaban lánguidamente las horas en la solana, entre begonias y rosanovas, mientras llovía sobre la piel del mundo. Y al transmigrado se le puso un nudo en la garganta porque todo lo que se había venido abajo en ella resplandecía, victoriosa sobre las ruinas, finalmente reconocida por el espejo. Mientras a ella no se le iba el tiempo, jugando como muchacha con pendientes y anillos que lucía haciendo de la mano abanico, metido estaba el testigo entre la nostalgia y el cálculo, pues si era cierto que aquel rostro sugería mil recuerdos y un amargo deleite, no menos cierto era que lo había dejado perplejo la exhibición de las galas de la familia que él suponía perdidas en vergonzosos empeños o en el laberinto de las partijas. De entre todas, había un broche traído del Brasil por uno de los de la casa de Arán, el pecador don Álvaro Mosquera, tío abuelo de este Xil, una joya con una enigmática piedra incrustada, que tallada en forma de corazón, talmente latía expuesta a la luz, visibles las pulsaciones en los brillos de la que nunca se supo el origen cierto, pues cada día tenía el aventurero su historia, surgía de las manos de un garimpeiro o de un indio amazónico en trueque de un mechero, hasta que él mismo comenzó a distanciarse y a no querer hablar de la piedra, como si le cogiese miedo, y era éste precisamente el broche que ahora Misia colocaba a la altura de los senos para sellar la camisa entreabierta del pijama, qué capricho para dormir, esas rarezas que tenía la rama más alocada de la familia, o a lo mejor, quién sabe, hacía bien en estos tiempos en que andan los ladrones detrás de los que roban y nunca fue mal seguro la cuenca femenina de las tetas. Cuando la mujer apagó la lámpara, quedó el centelleo de sus ojos y de aquel corazón de pedrería en el terciopelo de la noche.

Bajó Don Xil por el hueco de entre pared y mueble y al verse en el suelo, con la dama entregada a Morfeo bajo el dosel, mudó de inquietudes, pues notaba ansia en los dientes y un vacío de ayuno en la tripa. Había llegado al dormitorio por seguir el rastro de la gente, que donde hay gente hay migas, pero su sobrina siempre fue picahojas y ahora, por lo visto, se mantenía de aire. Vacíos alzaderos y chinero y artesa, en la cocina no había más comida que un bodegón con liebre y perdiz roja colgado en la pared, lo que mortificaba a Don Xil. ¡Si al menos estuviera en el suelo para trinchar en pintura la ilusión! Sin otro remedio, de papel iba a ser ahora la cena, que ni siquiera de eso había de sobras, dos libros nada más en la que había sido gran biblioteca del pazo de Arán, el *Alivio de párrocos* y un pequeño manual que tenía muy sobado, *De la caza al modo liberal*, pues el resto todo lo había vendido a un anticuario por kilos, castigados como estaban por las goteras y el moho del tiempo, que también los libros quieren de vez en cuando una caricia por el lomo, y qué lástima dejarlos ir a troche y no hacer más previsión, metido andaba ahora en el terrible dilema de escoger para masticar entre la devoción y el deber. En ésas cavilaba yendo hacia la biblioteca guiado por los zócalos, cuando le dio prisa un ruido que en los últimos tiempos se le había hecho familiar y que no era otro que el roer de un ratón que, alabado sea Dios, sólo le había metido por el momento diente al misal. Era aquel intruso muy menudo y chupado de cara, reviejo y correoso, y con un algo, quizá ese ojo tuerto, que se le hizo de inmediato conocido.

¡Detente, animal!, bramó Don Xil. Eso que roes es palabra sagrada.

El aludido se volvió sin pizca de susto, muy flemático, y miró al mando de arriba abajo, con cierta sorna, mientras engullía un cuerno de papel. Algo debió recordar también porque, aparentando de repente diligencia, repasó el hocico por las líneas sanas y fue deletreando con la luz de la luna. Se le van tó A rrio Se le van tó Nes to rio Se le van tó Lu te ro Se le van tó Cal vi no y o tros in in in...¡Arre, carallo!

Y otros innumerables, leyó Don Xil para desenredarlo. Pero todos ellos han desaparecido y la Iglesia prosigue en su posesión.

¡Amén!, dijo ahora el otro con solemne ironía. Dispense, señor cura, pero pensé que era literatura.

Procura que te aproveche lo roído, respondió Don Xil, por fin con la autoridad un poco restablecida. Pero a ese otro libro, ni mirarlo. ¿Oyes bien? ¡Ni mirarlo! No sea que se te vaya la tentación, que bien sé quién eres. ¡Matacáns, el peor furtivo de Nemancos!

Todo eso es fama que le ponen a uno, señor cura. ¡Envidias de escopeteros! Yo como usted, Don

Xil, por su instituto. ¡Siempre tuve las vedas por sagradas!

¡No me jures en falso, Matacáns!, dijo el cura. Se te veía el hurón asomar por un bolsillo de la zamarra. Y por otro lado, el lazo. ¡Espantaste para siempre las liebres, Matacáns!

No se engañe, señor cura. Fueron unos de Carballo, que venían con mucha artillería. Y también el estrés.

¿El qué?

El estrés, señor cura. Lo dijeron por televisión. Las liebres enloquecieron, o algo parecido. La hembra no quería al macho y éste tampoco trabajaba, usted ya me entiende, señor cura. Así se acabaron las liebres en Galicia.

Pero había una, había una, Matacáns, que hacía cabriolas en los prados y tomaba la sombra por las parras. Era, era... ¿cuándo fue tu entierro?

Hacía un frío de perros. Mucho sentí que me quitasen la boina.

Sí, pero ¿cuándo fue eso?

Y echaba el otro cuentas, cuando en la ventana por la que entraba la luz de la luna se vieron de repente dos luminarias que tiraban a verde. Y más tarde, a lo largo, se proyectó en el cristal una sombra montesa. Ambos noctámbulos observaron el fenómeno con curiosidad sin darse cuenta, en principio, de que era propio de su múrida condición ponerse a salvo.

¡Corra, señor cura, cago en el demonio, ese tigre es del maquis!

¿Cuál de ellos?, preguntó Don Xil a la carrera y casi sin aliento.

¡Arturo de Lousame, aquel bravo!

Mientras correteaba al rabo del furtivo en la búsqueda de un escondite en la bodega, se lamentaba el dómine de los caprichos del Señor del Destino, que ya le gustaría ser un bicho grande y poner algo de respeto por los caminos. Desde luego, no era buena noticia la de aquel gato; bien que recordaba al de Lousame, un gaitero con fama de anarquista, y que una vez, en plena consagración, en misa de fiesta, teniendo el cáliz alzado, picó unas notas del *Himno* de Riego, que él bien se dio cuenta, pues no era torpe de oído. Y además sabía la letra de aquel retintín.

Si los curas y monjas supieran
la de hostias que van a llevar...

Sería una diablura, pero se la guardó. Llegado el momento, no le dio la buena conducta y el de Lousame tuvo que echarse al monte, que era él, Don Xil, cuando la guerra, el que gobernaba vidas, y sólo de pensarlo le entraba ahora un escalofrío, pues era él quién de poner una cruz sobre un pagano y borrarlo así del mapa, hacer de él un guiñapo de hombre en la cuneta de una carretera.

¿Y no anda por aquí la Benemérita?, preguntó Don Xil en un respiro.

Andar, anda, pero el brigadilla Maneiro es otro soprano, un miserable como nosotros.

¡Válgame Dios! ¡Este mundo es una selva!

¡Quién tuviera una escopeta, señor cura!

¡No me hables de amores, Matacáns!

8.

Yo tuve tres maridos, dijo la señora.
¿De verdad?
Sí, mujer.
Y le hizo tanta gracia la cara que sin querer ponía Rosa, que al ir a beber de la copa de Lágrima de Oporto, por frenar la risa que le venía, le dio la tos y tuvo que cubrir la cara con un paño pues le lloraban los ojos enrojecidos. Y al ir calmándose, se sintió muy a gusto viendo que Rosa también sonreía, pues a ella se le juntaba ya la sal de las lágrimas con el dulce vino de los labios. Y aquel mirar a la vez cómplice y divertido de la casera la animaba a recordar, sin miedo a quemarse leyendo las cenizas en las frágiles láminas humeantes que quedan en el borrajo.
¡Igual que las artistas!
Igual.
Liz Taylor tuvo por lo menos seis, se le ocurrió decir a Rosa, muy animada por aquella conversación que le permitía viajar en compañía por una ensoñación entretejida por películas y revistas de papel cuché donde siempre deambulaba sola. Y casó dos veces con el mismo hombre.
Sí, con Richard Burton. ¿Quieres..., quieres creer que yo lo conocí, que lo tuve a esta distancia, como estás tú ahora?
¡No puede ser! ¿De verdad?

Como te lo cuento. ¡No veas qué ojos! ¡Un rey galés!

Parece que era muy borracho.

Sí, asintió la señora con tristeza, como si lamentase desnudar el lado oscuro de un ídolo difunto. ¡Un rey ebrio!

¡Y se pegaban! Leí en una revista que se querían pero que luego, cuando llevaban tiempo juntos, eran como perro y gato, que una vez ella le tiró una máquina de escribir a la cabeza.

¡Se cuentan tantas cosas! Pero ¿qué importa eso que un amigo mío llamaba la «vidita»? Ahora, lo único verdadero de ellos son las películas.

Yo recuerdo muchas veces una película de Joselito, dijo Rosa. *El pequeño ruiseñor*. Era muy niña, cuando aún había cine en Néboa. Joselito era un pastor de ovejas. Cuando desaparecía de la pantalla, yo estaba convencida de que marchaba con el rebaño por el medio de los pinares de Néboa, pues justo detrás de la sala había campos y un bosque. Una vez mi madre me riñó mucho y yo le dije que algún día marcharía con Joselito. Se quedó toda extrañada, como diciendo qué cosas tiene en la cabeza esta cría. Después, cuando se enfadaba, me gritaba: ¡Vete con Joselito, anda, vete con Joselito! Leí el otro día en una revista que a Joselito lo han detenido ahora por cosa de drogas. La vida es tan... tan caprichosa.

Sí que lo es. Hace tiempo que no voy al cine. Las buenas películas son todas tristes. Y yo soy muy llorona. Me hacen daño.

No sé qué haría si mi marido me pegase alguna vez, dijo de repente Rosa mirando para el carrito donde dormía la criatura, en la solana del pazo, allí donde serpenteaba la glicinia con paciencia de piedra. ¡Le traje también cigarros!, recordó en ese momento. Y se levantó y fue a rebuscar con cuidado debajo del mantón.

No dejes que te pegue, dijo muy seria la señora.

Y cruzaron las miradas y encendieron los pitillos. Pronto, las humaredas amigaron y se fueron enroscadas en el aire.

Yo creo que Marilyn Monroe también se casó tres veces, dijo Rosa.

En realidad, yo no me casé tres veces, corrigió la señora. Quise decir que tuve tres hombres.

Tres amores.

No sé. Bueno, sí. Tres hombres.

9.

Mi padre odiaba todo esto. Era muy jovial, de muy buen carácter, y no se le notó hasta que llegó la dolencia incurable de mamá. Por alguna razón, algo que la arrastraba al margen de nosotros dos, ella quiso entonces estar aquí. Creo que aquella decisión, aquel apego de mamá a Arán, a él, en el fondo, le dolía mucho. Disimulaba, pero yo supe entonces que aborrecía Arán, que tenía aversión al pazo, no hablo sólo de la gente sino de la propia casa. Refunfuñaba contra la insania de las piedras, contra las cosas viejas, como si las hiciese culpables del mal aquel que avanzaba. Sufría mucho porque trataban a mamá como una enferma de verdad, con aquellos grandes silencios que reforzaban los peores presagios, con aquellos cuidados excesivos y graves que tenían la apariencia de un rito fatal, preparativos de un fin que él no podía aceptar. Su humor, cuando lo intentaba, no tenía sitio allí. Posiblemente lo que más le hería era que ella había aceptado todo aquello. Cuando rezábamos el rosario, que se hacía medio a oscuras en murmullos, se dejaba caer en un sillón de la esquina y desaparecía en la penumbra. Sólo se veían las manos retorciéndose. Sobre la cabecera de la cama donde estaba mamá había un crucifijo que a mí me parecía enorme, colocado de tal manera que, te metieras donde te metieras, mostraba siempre las heridas. Entrabas en la habitación y se te iban los ojos hacia él. Si te sentabas de espaldas, reaparecía en el espejo que estaba sobre la cómoda. A veces ayudaba a peinarse a mamá delante de aquel espejo, y cepillaba su pelo sin poder apartar la mirada del Cristo, que a mi vista se debatía en la pared con la sangre fresca, y me resultaba turbador que los mayores actuasen como si no pasara nada, como si fuese lo más natural tener allí a alguien permanentemente martirizado con las llagas abiertas, con clavos en manos y pies y goteando sangre por la corona de espinos. Desde entonces no puedo ver los crucifijos. Me horrorizan. Con el tiempo, en la mesita de la habitación pusieron también una virgen de los Dolores y un jarrón con calas. Te acostumbrabas a ver a mamá, con la voz cada vez más débil, pálida, desvaneciéndose entre las sábanas blancas, como una figura más del altar de aquella habitación que se iba pareciendo a una capilla. Al entrar allí, toda la vitalidad de papá se venía abajo. Viajaba a Coruña para atender la naviera, pero llegó un momento en que sus llegadas a Arán eran un poco las de un extraño. Se sentía inútil, apartado, vigilado. Tenía la obsesión de que en la casa faltaba aire, de que no se renovaba, y entonces abría una ventana. Pero al poco aparecía cerrada. Había sido cualquiera de las tías, que a su vez tenían la manía de las corrientes, pero él, en vez de encararse con ellas, se comportaba como si las ventanas de Arán se cerrasen solas, como si estuviese convencido de que las cosas, desde los cubiertos de la mesa hasta las bisagras de las puertas, se confabularan con la gente de la casa y le fueran hostiles. Ahora lo pienso y creo que les tenía miedo. Entre él y Don Xil, que entonces vino del seminario y andaba de misacantano, sólo se cruzaban un saludo parecido al de un gruñido. Don Xil era grande, impetuoso, recorría los pasillos como un rayo y tronaba al hablar. Yo no entendía cómo podía dar aquellas zancadas a pesar de la sotana. En una ocasión me mandaron a misa, yo ya había ido por la mañana, y me quejé a mi padre. Él estaba en una butaca, escondido tras las páginas de un periódico. Sin mirarme, dijo: Haz lo que te ordenan. En Coruña me decía a veces: No cuentes eso en Arán, no digas esto otro en Arán. Revolviendo en la casa, encontré una vez un retrato del abuelo con una vestimenta extraña, con un collarín y un mandil bordado. Estaba muy erguido y serio bajo la leyenda de *La Respetable Logia Luz de Finisterre.* A mí me hizo mucha gracia, me pareció cómico, pero papá me lo quitó de las manos muy nervioso. Ni una palabra en Arán. Había un ciento de kilómetros pero eran dos mundos contrapuestos. En la casa de Coruña, cada novedad, cada anuncio de un barco, de una visita, de una carta, de un envío, era recibido con curiosidad y alegría. En Arán, se abría la puerta con recelo. Se desconfiaba del que venía de fuera. Y papá también venía de fuera. Una vez, al volver, encontró que mamá se había levantado. Era una bonita tarde de septiembre, con un sol muy amable. Ella quiso salir a recibirlo, peinada y vestida como si fuese a una fiesta. Caminaron por el paseo de los plátanos, mamá calmosamente, dejándose ir, y él exultante gesticulando y hablando sin parar. Se detuvieron cogidos de la mano en la fuente de la Vieira. Yo nunca me había fijado en ellos así. Nunca me había parado a pensar que pudieran existir y quererse al margen de mí. Me di cuenta de repente de que ellos podrían estar allí y sonreír y amarse aunque yo no existiese. Recuerdo que quedé atrás y que aquella escena me puso triste, con una tristeza distinta de la que antes había sentido. Que ellos fuesen felices sin mí era una manera de pensar que yo podía ser feliz sin ellos. Lo que sentía ante el Cristo torturado era un miedo infantil, externo, provocado por el horror de una imagen de extrema crueldad exhibida en el lugar de la dolencia, y que para mí, sin duda, atraía el final en lugar de alejarlo. Pero aquella imagen de mis padres mirándose enamorados mientras sonaba la canción del agua me hizo sentir realmente el dolor de la muerte. La vi en la sonrisa de mamá cuando volvieron y la tuve más cerca. Ella se iba y estaba despidiéndose. El que marcha deja su tristeza en el que queda diciendo adiós con el pañuelo en la mano. El que marcha siempre está un poco por encima: en la silla del caballo, en la ventana del tren, en el puente del barco, en la escalera del avión. Ella tenía la apariencia inconfundible del que marcha. Aquella noche papá rezó con nosotros y los murmullos del rosario fueron para mí por vez primera palabras que se oían y se entendían. Las sentía como puntadas, como agujas de bordar al atravesar la piel. Papá me sacó de aquí tan pronto pudo, me llevó casi sin despedirse, como huyendo de una maldición, como si temiese que alguien accionara en las piedras una trampa oculta para engullirme. Recuerdo el Ford 28 traqueteando febrilmente por la pista de adoquines bajo el claroscuro de los plátanos. La última persona a la que vi fue a tu madre, inmóvil, arrimada al portón, con el pelo recogido en una pañoleta portuguesa y las manos metidas en los bolsillos del delantal. Era una muchacha como yo pero aquel día me pareció que ella era ya una mujer y yo una niña que no había salido de las muñecas, que por ella habían pasado años que todavía no habían pasado por mí. Yo iba de rodillas en el asiento, vuelta, de bruces en el respaldo, y ella quedaba atrás. El que mar-

cha siempre deja la tristeza en el que queda. Me había
divertido con sus trabajos. Las cosas que ella hacía todos los días eran para mí grandes aventuras. Me parecía un milagro tener en la mano la cuerda que guía
las vacas y que animales tan grandes obedeciesen dé-
biles tirones. Me sentaron un día en el cañizo y tenía
la sensación de irme deslizando por un mar de tierra,
sobre las ondas de los surcos. En el tiempo de la trilla
acarreábamos gavillas y me rasqué como un perro el
picor de las espigas en la piel sudada y renegrida. Al
pasar un muro, me arañé en las zarzas y tuve que la-
merme la sangre. Luego fuimos a bañarnos en un río,
un río vegetal, verde, espeso de hierbas de agua que en
la superficie asomaban con colcha de flores blancas.
Estábamos las dos solas, desnudas, cómplices, riendo
y salpicándonos, protegidas por los árboles. Una vez,
en la casa de tu madre, pregunté por el retrete y todos
rieron, y allí fuimos las dos, en la cuadra, agachadas, a
hacerlo entre los animales, con la falda recogida sobre
el estiércol. En el molino, con los ojos cerrados, apren-
dí a distinguir las harinas con el tacto de las yemas. La
harina de trigo es como la seda; la del centeno, como
lana; la del maíz, como lino. Si metes las manos en la
caja llena de molienda ya no quieres volver a sacarlas.
El molino era un lugar mágico. Podíamos pasar una
eternidad hipnotizadas por el movimiento de la tolva
y la muela, mientras llegaba el gargojo del agua por
los ojos del suelo. Y yendo de aquí para allí con tu madre, escuché hablas, fuertes blasfemias y dulces canciones, que nunca había oído, como si el alto muro
del pazo fuese también hecho a propósito para que no
pasasen las palabras de la aldea. Es una dama misteriosa la memoria. Nosotros no escogemos los recuerdos. Ellos viven su vida. Van y vienen. A veces, se van

para siempre. Y hay recuerdos que se apegan a nosotros a la manera del liquen a la piedra. Son trozos de vida que no se perdieron, que se alimentan del aire frío, que crecen con vagar en la corteza del tiempo. Olvidé muchas cosas que yo creía muy importantes pero nunca se fueron aquellos momentos de la niña campesina que yo no era, las felices escapadas al mundo de los criados, con los picores de la paja, las heridas de las espinas, el olor a estiércol, el agua verde, las palabras que existían tras el muro del pazo. Sin saberlo, iban a ser esas menudencias las que me atarían a Arán para siempre. Ellas y la muerte, aquello de lo que huíamos velozmente, con el coche traqueteando por la estrada de adoquines.

Y ahora yo debería decir: No sé para qué cuento todo esto. Y tú, nena, apartando la penumbra con los dedos, responderás: Para mí.

10.

Iba Simón desperezándose después del tempranero viaje en autobús, y fue allí, Puerta Real de la Marina, donde la ciudad se abre en concha nacarada a oriente, que vio a las siete damas.

Como en el templo de Arán, vestían ricamente, con rasos y tules, terciopelos y sedas, organdí y encajes, una aparición de divino carmín, turquesas, azules, esmeraldas, salmones, tintos, escarlatas, tabacos, lilas y sangre, ramillete jovial y florido que bajaba de la Ciudad Vieja por Puerta de Aires, con una escolta de hombrecitos desastrados por la resaca, la camisa por fuera y la pajarita torcida, ellas no, ellas garridas, muy escotadas al amanecer, bisbiseando con risitas, llamando por el sol. Y lo que más le sorprendió fue que iban descalzas, con los charoles suspensos con gracia en la mano que no llevaba rosa, aquellos pies tan finos posándose libres en el despertar húmedo y áspero de las aceras, pies de reinas, pies de pescaderas. Atrapado que iba de la visión, que la ciudad huele por la Dársena a sexo y mar, siguió Simón el festivo cortejo por los soportales y luego por el callejón del Agar, hasta que una de ellas, pasado ya el Teatro Rosalía de Castro, se volvió para coger la rosa caída, y al levantarse lo miró con mucho descaro. Entonces él, por disimular, se paró a ver las carteleras del Cine París, que ponían una de Clint Eastwood de a caballo y con la pistola humeante. Y cuando se volvió, ya las santas figuras iban allá adelante, por Foto Blanco, pero lo que sí había a la altura de La Camisería Inglesa era una rueda de gente alrededor de un vendedor ambulante que comenzaba a vocear la mercancía. Se acercó Simón al nuevo reclamo y vio que tenía una mesita con un tapete verde sobre el que el feriante, con mucha majestad, esparcía un puñado de granos de maíz para luego sacar de la maleta del género un pequeño trabajo con mango de plástico rojo con un rodillo como de cerda que hacía resbalar por encima del vertido con suave energía. Y ya no había granos sobre la mesita verde porque los había tragado todos el chisme rojo. Y el marchante hablaba con mucho adorno de aquel prodigio, solamente veinte duros, el esparelino, un invento que trae loca a toda Europa, desde el director del Bundesbank al rey de la pizza, lo usan todos, tan fascinado el público por el palique como por el efecto mágico del cepillo de cien rubias. Y a continuación de los granos, esparcía un puñado de migas de pan sobre la mesita verde, y el ruedo pasaba como lengua de vaca y llevaba todo el color y se deshacía el círculo de gente, excepto Simón, que permanecía muy atento, con cara de pensar que un hombre así debería dirigir una nación. Pero pronto llegaban nuevos espectadores y el vendedor esparcía harina sobre el paño verde, un puñado de blanquísima harina, y todos quedaban concentrados en la mano alzada que bajaba muy lenta, fosforado el milagroso chisme por el lustre de las miradas, para seguidamente engullirlo todo de un lengüetazo. Hasta que el ambulante volvió a posar los granos dorados, y antes de hablar del mundo, reparó en aquel mozote que no iba ni venía, inmóvil delante de él, con las manos en los bolsillos, la boca medio abierta y la mirada perdida en el maíz. Y Simón, viendo que el esparelino no había bajado esta vez, notando alrededor un extraño vacío, levantó los ojos del tapete. Estuvieron los dos hombres observándose en silencio, frente a frente. Al cabo, el manolo, más majestuoso que nunca, arrolló artísticamente los granos.

Recorrió el de Arán la ciudad, haciendo los encargos que allí le habían llevado, muy orgulloso de sentir en el bolsillo la presencia del recogedor manual de efectos especiales. Y ya en el coche de vuelta, con mucha algazara adolescente, chavales de Arteixo, Laracha, Paiosaco y Carballo, fue Simón colocando cosas menudas sobre los muslos y se puso a probar la maravilla, con tanto éxito que los mozos dejaron de tontear y le formaron un público. Y eso no fue nada comparado con la acogida que se le dispensó en Arán, que allí ya repitió la operación a la manera que había soñado, con granos de maíz sobre la mesa. Muy contento Simón de que todos pasmasen, fue y acercó con emoción el artefacto hacia la hermana.

¿Es para mí?, preguntó Rosa, secándose las manos de fregar en el mandil.

Antes de que pudiese cogerlo, disputaron por él los hijos, pero Simón no lo soltó hasta verlo en las manos de ella. Y entonces Rosa leyó en voz alta las letras tatuadas en el plástico. *Made in China*.

11.

Me contaron que mi padre vio desde la galería de la Marina cómo un grupo de militares colocaba las piezas de artillería en el Parrote. Cuando comenzaron a cañonear el Gobierno Civil, a poca distancia de la casa, él se puso a escuchar música clásica. Al ir para convencerlo de que había que buscar un lugar más seguro, lo encontraron sin vida, hundido en la butaca, con la aguja rayando en el silencio, entre explosiones. Se le rompió el corazón. Llevaba tiempo diciendo que algo terrible iba a pasar. Le había cambiado el humor y no hacía más que ver en las cosas malos presagios, pero todos atribuían ese estado de ánimo a la muerte de mamá, de la que no conseguía sobreponerse. Lo de ir yo a Londres fue, en un principio, empeño suyo. En la naviera trataba mucho con los ingleses y además, claro, estaba Gondar, su hermano, que desde la juventud trabajaba allí. De vivir mamá, tal atrevimiento sería impensable, por más que existiese Gondar. En aquel tiempo, una joven de buena familia nunca viajaría sola y menos a un lugar que aún resultaba extraño y apartado. Pero, por raro que parezca, papá salió del abatimiento con los preparativos de mi marcha. Parecía que era él mismo quien iba a cumplir un sueño. Programó la despedida convirtiéndola en un acontecimiento festivo, y me contagió de tal manera que me libró de toda preocupación. No hubo dramatismo ni siquiera cuando embarqué. Volvería en un año, todo lo más tardar. El mío era un viaje con retorno, con regalos a la ida y a la vuelta. Recuerdo que aquel mismo día, en el puerto, la explanada de Aduanas estaba llena de emigrantes que iban camino de América, acampados por parroquias con sus toscos baúles, maletas de cartón o simples atillos con un poco de ropa. Una larga hilera esperaba el turno para confesar y tener la bendición de un cura sentado al lado de la puerta del edificio de la Administración, cosa que él hacía con cierta desgana, quizás por la rutina o por el sofoco del calor, pues se daba aire con el bonete mientras el arrodillado desgranaba los pecados, una invisible espiga de maíz en las manos. Era la primera vez que yo veía algo así. Escuchando a papá, me había familiarizado desde niña con el mapa de las ciudades del otro mundo, con sus nombres bailarines como La Habana, Caracas, Santos, Río de Janeiro, Montevideo o Buenos Aires. Sabía que casi todos los días salían barcos con esos destinos. Paseaba siempre a pocos metros de allí, por los jardines de Méndez Núñez, y nunca había asociado a aquellos aldeanos que acarreaban bultos con un viaje a América, que yo representaba en la imaginación como una expedición de aventureros. Por eso, aquel día, cuando atravesé la explanada de Aduanas, observada en silencio por aquel gentío campesino, cogida al brazo de mi padre y asistida por gente que nos llevaba el equipaje, tuve la sensación de estar en un puerto extranjero, lleno de extras salidos de los momentos menos chistosos de las películas de Charlot que yo iba a ver en el cinematógrafo del Kiosko Alfonso, muy cerca de allí ¡Qué contenta estaba ahora de ser diferente, de llevar un lindo vestido, de ir en dirección contraria, de no tener que formar en aquella fila de atemorizadas muchachas con pañoleta y niños con boina y el feo péndulo de una corbata que les colgaba hasta las rodillas!

¡A mí me esperaba Gondar! Nunca lo había visto, no lo conocía, pero tenía de él una especie de talismán, un manojo de postales que me había ido enviando, también de otros países que él visitó, imágenes de Amsterdam, Berlín, Praga, Lucerna, Viena, Venecia... Gondar era para mí como un ser mágico que se movía en un cosmorama, sobre un fondo de muelles, tulipanes, cisnes, catedrales, museos, terrazas de hoteles con toldos blancos al lado de lagos azulísimos, cafés de grandes espejos y plazas concebidas como ombligos del mundo. Cada estampa que me llegaba era como un reclamo hechicero. Las guardaba envueltas con una cinta de mi pelo y al desenlazarlas, repasándolas en soledad, las imágenes adquirían un tamaño real y yo paseaba de forma natural por aquellos lugares, de tal manera que cuando fui por primera vez, yo ya había estado allí, y mis acompañantes se extrañaban de que reconociese muchas cosas, de que preguntase por detalles mínimos y no me asombrara demasiado con los grandes monumentos. Fue en una de esas postales, en las que normalmente me trataba de *Querida sobrina*, cuando vi por vez primera aquella expresión, *Querida Misia*, que me pareció dirigida a una persona que hasta entonces no existía, a alguien que había nacido precisamente para verse escrita de esa forma. Así, inconscientemente, deshojando el mazo de postales en el camarote del barco que me llevaba a Londres, imaginé una historia que acabaría por suceder, aunque luego una descubra con horror que a veces el propio sueño se hace también posible porque alguien, en alguna parte, pone en marcha una pesadilla. Llegué a Londres en los primeros días de julio de 1936. Fue ciertamente como entrar en un cuento. Gondar resultó ser un hombre garrido y divertido y un tío protector, la compañía ideal para aquella jovencita que quería ser mujer sin dejar de ser niña. Vivía en una hermosa casa de ladrillo y porche de madera blanca, en un barrio elegante, el de Mayfair, que en aquellos días luminosos de verano parecía una rosaleda, un jardín encantado. Para mí sería para siempre la casa de la haya de cobre, un gran árbol que llamaba a lo lejos con su enorme copa de abermejado oro. Al poco de llegar, cuando aún andaba asombrada, tanteando, como mariposa recién salida de la crisálida, allí supe que había estallado una guerra en España y que papá murió de pena. Y en muchos años no quise saber nada de lo que había dejado atrás. España me parecía una palabra cruel. A veces..., a veces sólo me venía a la cabeza como una foto fija aquella visión de la fila de niños emigrantes a la espera de confesión con las deformes corbatas romboides colgando del cuello como pesados péndulos. ¿No te cansa todo esto?

¡Ay, no, señora! Me gusta su novelar.

12.

Y habitaba por las cañadas de las Peñas Cantoras un solitario caballo barbanzón de calzos albos, bellamente pintado también con copos el negro cuerpo azabache, que pellizcaba con los labios verdecidos en el bálsamo de las yemas de la flor de la aliaga, cavilando pesaroso en el libro de los colores interiores, pues él era a su manera un superviviente.

La madre del barbanzón había muerto en la nevada marina de 1964, que cubrió de blanco las rías y los altos acantilados, trayendo las avefrías y el lobo al litoral. Hay días en que las gaviotas maúllan como gatos y ése fue uno de ellos. Se recordaba aterido, tartamudeando relinchos infantiles, entre el espanto de la madre muerta y la maravilla de ver nevados los linderos del mar. Los más de los caballos de bigote verde de la sierra del Barbanza habían muerto también en la nieve, pero en un remoto destierro de animales de tiro, en la estepa rusa, helados en los caminos perdidos o salvajemente destripados a cuchillo, que había soldados en la gran guerra que venderían su alma por un trago de sangre de caballo que avivara la tiesa campana de la garganta, o por calentar las manos por lo menos un minuto en el hueco de las vísceras, anidar allí el cuerpo inerte, en el límite glacial de la existencia.

Y por huir de otro capítulo del recuerdo, el viejo candil de la luna iluminando el velatorio de la madre, se precipitó el caballo barbanzón en morder en los brotes una espina que lo hizo piafar y echar maldición.

¡Jesucristo!, dijo el cuervo que había venido a posarse en el peñasco cimero, esmaltado de liquen.

El barbanzón miró para el del capuz de reojo, procurando disimular la atención, pues a esta gente pendenciera, pensaba, es mejor no darle confianza.

Y al no tener respuesta, ni un triste gracias, Toimil dio la contraseña que despierta la memoria del reino sumergido. *¡Vivat Floreat Natio Galaica!*

Y dijo entonces Albar, el caballo, un amén que le salió del alma. Por el hablar, no podía ser el del capuz un forajido. Además, como bestia del país, no era servil pero sí sociable.

Vengo de parte del rey de Galicia, dijo Toimil. Manda que bajes a Arán y te dejes prender.

¿Prender?, preguntó sorprendido Albar. No quería mostrarse insumiso, pero aquella pretensión le dolía tanto como la espina en la encía. ¿Y ese nuestro Señor no oyó hablar de un hermoso invento que llaman libertad?

¡Cómo no iba a oír! ¡Ése es su blasón, su linaje!

¿Entonces?

Se trata de una misión especial...

No tengo marca, hizo observar el barbanzón con melancólico orgullo. Y al decirlo sentía el escalofrío del hierro ardiente en el anca, el hedor de la piel quemada de la esclavitud, la humillación de las bastas tijeras podando brutalmente las largas crines, el salvaje grito de júbilo de las gargantas humanas en la fiesta de la rapa, un gallo ebrio clavando el espolón de estrella en los riñones. No quiero nada con la gente, prefiero los lobos.

¡Es un favor que ruega el rey!

¿Y quién montará?

Un inocente.

Y estaba el barbanzón en un prado, por los lindes cultivados de Arán, escogiendo trébol y menta para matar la ansiedad del vientre, cuando vio llegar a uno con casaca azul y sombrero mexicano, una hoz enfundada en el sobrazo y, en otra mano, un radiocasete grande a todo volumen. Y a cada paso que doy son recuerdos de mi madreeeee.

Era él, sin duda. Con claridad graznó en señal el cuervo de la chimenea.

Se miraron caballo y hombre. Grillaba un rey como en el chiste musical. Para el huérfano no hay sol, todos quieren ser su padreeeee. Ahí tienes Albar a Simón, ángel tallado a macheta en el taller del Infierno, más o menos tendrá tu edad, también recuerda la nevada marina del 64, los deditos ardientes en la nieve. He ahí, hombre, el viejo caballo albo que viene del paraíso de la eterna juventud, del gran manzanal donde se cuentan las horas en reinetas. Y fue Simón quien dio un paso, después de posar radio y hoz, y lo hizo muy despacio, como si el prado fuese alfombra de vidrio, no fuera un chasquido violento a desvanecer el sueño, esa visión que él mantenía prisionera, devotamente mirando, sosteniendo el peso del aire con los brazos extendidos.

Y algunos paisanos que andaban por los vallados y otros más que asomaron por sotos y cercas fueron testigos de este otro milagro: Simón, el mudo de Arán, hablaba a un caballo. Primero por lo bajo, cariñosos murmullos y amorosos siseos marineros o deletreando caricias con el aroma bravo del habla montañesa. Los incrédulos podían ver las palabras en el aire, anillos concéntricos en la atmósfera suspensa del valle. Y aquellas voces, las primeras de las humanas, sonaron bien a Albar, quien sólo se movía para jugar y alargar un poco la posesión. A cada movimiento de Simón, respondía el caballo con un gesto de indómita ironía, ya bufaba, ya amusgaba las orejas, ya picaba, pero las manos, delante y atrás, las tenía quietas. Hubo un momento, dos metros del animal, en que el hombre entendió que era él quien estaba a prueba justo cuando se vio reflejado en el puro azabache de los ojos del cimarrón. Libre ahora de arbolarse y partirle la crisma. Poder tenía en los calzos, coronados de blanco, un mazo simulado en cada mano. De muro a muro, los paganos de Arán se hacían cruces y apuestas con la mirada. Simón no lo pensó mucho, había un sello noble en el de azabache, y acortó con hablas dulces lo que quedaba de distancia, justo un brazo hasta la boca, y se arrodilló y escogió menta y trébol y como una ofrenda llevó el puñado a los labios del cuatralbo. El barbanzón mordisqueó con delicadeza, saboreando el presente. Se incorporó despacio el hombre y con la mano del convite se fue acercando a Albar hasta rozarle la piel con la yema de los dedos, hablándole en la oreja, bonito, anda bonito, hasta que el mudo se abrazó a él, trenzándose los cuellos, besándose, corazón, mi corazón.

13

Todas las amistades de Gondar eran mujeres, y eso lo hacía más atractivo. Como en una novela rosa, podría decir que ya entonces estaba enamorada sin saberlo. Pero era algo que no podía ni pasarme por la cabeza, que iría contra la naturaleza de las cosas, un sentimiento imposible. Mi forma de pensarlo era: Quiero mucho a mi tío, al hermano de mi padre. Con aquellas damas esmeraba su perfil de caballero, como un personaje de otro tiempo, esa manera tan segura y a la vez cálida de tratar a los demás, embelleciendo las pequeñas vanidades del que tenía delante, ofreciéndose siempre como blanco de la propia ironía. Su oficio de naviero lo definía como el de un corsario refinado. Como español, era leal a una república que ya no existía. Seguía siendo católico, pues eso le permitía sentirse de verdad incrédulo. El día que dejes de reírte de ti mismo, decía, comenzarán los demás a reírse de ti. Y la mayoría de aquel curioso círculo eran mujeres de su mismo aire, sonrientes e intemporales, salidas de un cuadro y a punto de volver a entrar. Fueron ellas, algunas de esas amigas, la compañía que tuve cuando vino la gran guerra con Alemania y Gondar comenzó a estar ocupado y había días, a veces semanas, que no aparecía por la casa del haya de cobre. Y lo que a mí me maravillaba era que cuando él no venía, siempre, siempre había una de esas damas que llamaba a la puerta y tenía «un bonito plan» para mí, aunque la ciudad estuviese patas arriba por los bombardeos. Muchas de esas salidas terminaban en carreras hacia un refugio. Una vez me encontré llevando un niño en brazos. En otra ocasión, con una jaula de periquitos. Y fíjate lo que son las cosas que nunca me sentí tan protegida, tan unida a una gente, a un país, como cuando sonaban las sirenas de alarma en Londres.

Después de la pesadilla de la guerra, vinieron días en que hablar de sufrimiento estaba prohibido y todo el mundo trataba de recuperar el tiempo, sentirse vivo y festejarlo. En una de esas fiestas, en un baile de carnaval de mucha fama, el del Albert Hall, fue donde conocí a Kadi Nabar. Iba yo de princesa mora del brazo de mi tío y él me fue presentando de una manera que parecía realmente recién llegada de un país de fantasía, mi sobrina Misia de Arán, que viene del antiguo reino de Galicia. Sucedió que él hizo un aparte, sólo un momento, y a mí me pusieron una copa de champán en la mano que estaba muy fría, muy fría, y noté que se me helaban las puntas de los dedos y luego, fíjate qué cosas, el frío fue como una corriente por el cuerpo entero, también la voz, de tal manera que ya no era capaz de decir nada, una cosa de nervios, y lo único que hacía era sonreír, con una sonrisa rígida, así, como si me quedase tiesa la piel, y las piernas no me respondían, que quería dar un paso con la derecha y se adelantaba la otra, no te rías que era mucho mareo, con la gente diciéndome cosas y las luces de las lámparas danzándome en los ojos. Y a partir de ahí todo fue horrible. Me sentía ridícula y solitaria allí en el medio. Más bien, por vez primera después de mucho tiempo, extranjera, como si la vestimenta despertase una angustia adormecida. Lo cierto es que casi lloraba cuando logré llegar al fondo del salón y descansé en una silla. Cerré los ojos y no sé cuánto tiempo pasó porque yo ya no sentía el jaleo de la fiesta ni la incomodidad de ir disfrazada. Lo que yo escuchaba, y no te rías, era una acequia de agua, un murmullo en un lugar en principio desconocido, el agua abriéndose paso entre helechos reales y luego cayendo en pequeña cascada por una roca tapizada de musgo y ombligos de Venus, y no sabes qué alivio me daba aquella morriña, sentir el recuerdo como una caricia. Perdida, volvía a un rincón de Arán. Pero tuve que abrir los ojos y salir de allí porque alguien me estaba preguntando si me encontraba bien. Lo vi inclinado hacia mí. Era un joven muy moreno, con unas cejas espesísimas, eso, por lo menos, fue lo que me llamó la atención porque estaba muy cerca, así, como estamos las dos ahora. Yo sonreí para él sin decir nada que no fuese sonreír pero ya noté que la piel no me tiraba y que los dedos habían calentado el maldito vaso. Así que, como para ganar tiempo, bebí un pequeño trago y noté en los labios que ya era capaz de hablar. *I've come with my father*, fíjate qué tontería, vine con mi padre, eso fue lo primero que se me ocurrió decir. Y fue él y me contestó Ah, perfecto, yo vine con mi madre. Se echó a reír, yo muy cortada, pero luego me preguntó si podía sentarse allí, a mi lado. Cuando me fijé bien, y a pesar de la severidad que le daban las cejas, encontré que sus facciones eran casi infantiles. Parecía un niño esbelto, un adolescente prematuramente trajeado. Vengo de dar la vuelta al mundo, me dijo. Y luego: tengo miedo a los ascensores. Cuando hay un terremoto, conviene no estar en un ascensor. ¡Ah, claro, los terremotos!, dije yo divertida. Todos los días hay un terremoto. No, dijo él. Todos los días no. Pero yo tengo uno que me persigue.

Y era cierto.

Kadi Nabar era armenio. Había nacido en una aldea del Bósforo y aquel día tembló la tierra. Su familia lo interpretó como una señal y marchó a Bagdad. Después de un nuevo temblor, se fueron al Cairo. Kadi se encontró con aquel terremoto en otros lugares del mundo. Aprendió a intuirlo. Descubrió que había siempre un perro en alguna parte que avisaba con un aullido, una especie de lamento inconfundible que lo ponía en guardia. Así que, me dijo de repente, si quieres compartir un terremoto puedes casarte conmigo. Y verás tú que una noche, en Bombay, que yo ya había olvidado aquella broma, me despertó y preguntó como cosa muy natural si no escuchaba aquel lamento, que era el perro de los terremotos. Yo primero di la vuelta, no muy segura de si había entrado o salido de un sueño, pues era cierto que se oía un perro y parecía mentira cómo podía llenar la noche el presagio de un animal solitario. Pero hubo un momento en que recordé de golpe y me dio tal salto el corazón que aparecí sentada en la cama, con los ojos muy abiertos, llena de pánico, imagínate tú sabedora de que algo tremendo va a pasar en el mundo y quien está contigo en el secreto dice que es mejor no moverse, que es una locura ir a esas horas de la noche en camisón por los pasillos del hotel, y tira de ti con suavidad hacia la almohada, te abraza y dice: no te preocupes, corazón. Y no tardamos en notar cómo todo el edificio se balanceaba, pero muy despacio, sin sacudidas, mecido como una cuna, y nosotros mirando en silencio cómo se desprendían los pétalos de escayola del rosetón del techo.

Ése fue mi primer marido. Kadi era rico, inmensamente rico. Ese admirador tuyo, me había dicho Gondar con humor después de aquel primer encuentro en el Albert Hall, podría bañarse en oro. En oro negro. Su familia era dueña de grandes campos de petróleo en el Irak. Y a mí, claro, después de eso, contó la señora a Rosa con una sonrisa de complicidad, aún me pareció más simpático e interesante. De verdad que lo era, las dos cosas, rico y simpático. Después de casados, nuestra única ocupación fue no aburrirnos. Él me enseñó un proverbio italiano: El dinero no da la felicidad pero calma los nervios. Recuerdo que una vez, en un hotel de Nueva York, nos pasaron una factura carísima porque nuestro pequinés había manchado una alfombra. Kadi fue muy tranquilo y preguntó el precio de la alfombra. Era una alfombra enorme que casi llenaba el suelo del vestíbulo. Apareció entonces el director, muy nervioso, pidiendo disculpas, pero Kadi dijo: Envuélvanmela, la llevo para Europa. Vivimos una temporada maravillosa en París, en una casa en el mismo centro, en la Avenue d'Iena, con faisanes en el jardín que a veces saltaban desde la terraza y paraban el tráfico. Éramos como dos niños enamorados, ricos y felices. Pasábamos el tiempo viajando, riendo, jugando el uno con el otro, intentando sorprendernos día tras día, ¡valseando! Y dejarnos fue de un día para otro, como si al bailar saliéramos de un salón y no hubiese jardín con faisanes sino un inmenso vacío.

Yo no quedaba preñada pero tampoco le dábamos importancia, no teníamos prisa por nada, pero un día, un día, un médico que me había tratado de una infección fue y nos dijo que era muy probable, que a él le parecía, que estaba casi casi seguro, que yo no podría tener hijos. Y a mí algo me dolió, pero la verdad, en aquel justo momento, no me importaba demasiado, pues en realidad aún era más niña que él, y valseaba, valseaba a todas horas. Y Kadi tampoco dijo nada, y sonrió para animarme, cogiéndome de la mano. Pero a los pocos días, estando con su familia, salió el asunto en medio de la conversación, y me di cuenta de que aquella noticia había cortado el aire. El rostro de la madre se endureció de repente, en el fondo de sus ojos descubrí con rabia algo que nunca antes había conocido: el desprecio. Miré a Kadi y vi que había perdido todo el color, que estaba helado por dentro, y que boqueaba como hacen los peces cuando quedan sin agua. Todo su humor, toda su firmeza de niño de los terremotos, se había venido abajo. Aquello, a mí, aquella rendición que noté, me sublevó por dentro, y de repente fue como si Kadi fuese un extraño, una de esas sombras que van sin rostro por los caminos cuando llueve, un intruso en mi vida, alguien que te lleva de la mano por una rosaleda y justo te abandona al borde de un acantilado. Así me sentía yo allí, aguijoneada por media docena de pares de ojos que me estaban exigiendo algo así como una explicación de lo inexplicable, que pidiera perdón, que disculpase de alguna manera el algo anómalo que había en mi naturaleza. Yo era una damisela, una señorita coruñesa, educada para cuidarme hermosa, elegante y feliz. También discreta en los momentos en que había que serlo. No estaba preparada para llevar tan pronto un golpe de esa clase y estaba deseando llegar a casa para llorar. Pero luego afloró una energía que me resultaba tan desconocida como benéfica, un arranque de genio que me dio ánimos para todo lo que siguió y que ejecuté decidida. Dejé la taza de té, me levanté con una sonrisa y les dije que para mí había sido un placer conocerlos. Fui a coger los guantes, el bolso y el abrigo, que hacía en Londres un tiempo de frío y llovizna, como este de ahora. Quedaron sorprendidos, en silencio, y luego por el pasillo me siguió un creciente murmullo. Detrás vino él. ¿Qué pasa, nena? No te preocupes. Misia, estás equivocada. Espera, espera. Pero cuando me volví, ya al lado de la puerta, y lo miré de frente, supe que no había salida, que ya no podía ceder, que algo fatal, una sombra de amargura, se había interpuesto en nuestras vidas, porque él también lo sabía, a pesar de pedirme con ojos llorosos que no me fuera.

Y ya no nos vimos nunca más. Ni siquiera con abogados por medio. Pero él fue muy correcto, muy educado. Durante un tiempo trató de hacerme llegar dinero, y dejó de insistir cuando comprobó que todo le era devuelto. Sé que en ocasiones me ayudó a escondidas, movía sus amistades cuando le parecía que yo lo necesitaba, y en alguna parte noté yo que era su mano oculta la que abría la puerta amablemente. Se casó de nuevo, creo que por lo menos otras dos veces, pero tampoco con esas mujeres tuvo hijos. Una vez me escribió desde Portugal. Querida Misia, decía, no me perdones. No me perdones nunca. Luego añadía: Espero con nostalgia un terremoto en Lisboa. Supe que había muerto allí, en una habitación de hotel, pero no de un terremoto. Estaba de paso y, sin que nadie supiese muy bien el porqué, alargó y alargó la estancia.

No, mujer, no es nada, siempre lloro un poquito en esta parte.

Yo..., yo, después de aquello, malditas las ganas que tenía de hombre. De repente, apareció la memoria para anidarme en la tristeza. Me veía en Arán, bordando en la solana, recostada en una silla de mimbre. O un día me entretenía recorriendo mi Coruña en forma de olores y colores. Los dulces de

La Gran Antilla, las hojas de bacalao de La Tacita de Oro, las especias azafrán, clavo, canela y pimienta de Bernardino Sánchez, los cafés de Siboney, los chocolates de La Fe Coruñesa. Y podía mezclarlos con aquellos otros que subían como marea hacia el pazo, los carros de estiércol que arrastraban los bueyes en vaharada, la colonia de sargazo en la embocadura del río, el tojo seco y las piñas que avivaban el fuego de los hogares en los días pequeños. Pero sabía también que me estaba prohibida la vuelta en aquel tiempo, que tras los buenos recuerdos y el paisaje inocente estaban a la espera docenas de lenguas afiladas como navajas de Taramundi, el tremendo vicio del sacrificio humano. Era demasiado joven para dejar que me arrancasen la piel.

Y fue otra vez Gondar quien me dio fuerzas para renacer. También la casa del haya de cobre. Volvieron a arroparme y me hicieron recobrar la fuerza y un poco de alegría, la suficiente para luego desear más, a sabiendas de que todo el amor que de joven traes de balde se pierde a partir del primer desengaño doloroso, y que llegado ese momento debes convertirte en guardián para ti misma, debes racionar los sentimientos, acaparar para ti toda la alegría que apañes, para mejor masticar el mundo de fuera, como usa la araña de su jugo. Así que estaba recomponiendo serenamente mi vida, muy segura por fin de sentirme mujer adulta, sola para mí, cuando entró por la puerta el tipo de hombre que menos podía imaginar.

Joker era lo contrario de un sueño. Un periodista sanguijuela, que precisamente vivía de los desastres del amor. Escribía crónicas chismosas sobre los famosos y la alta sociedad. Era siempre el primero en anunciar desavenencias, revelar infidelidades, informar de inminentes divorcios. También hablaba de bodas y nacimientos, pero sin tanto éxito. La felicidad, decía, es una noticia efímera. Los periódicos se hundirían si dependiesen de la felicidad. Malas noticias, muchas noticias. Escribía una sección titulada «El rey de corazones» pero él, en realidad, era más conocido con el sobrenombre de The Gravedigger, El Enterrador, porque tenía también mucha fama como autor de notas necrológicas. Ahí hablaba siempre bien de la gente. Muchos lo odiaban y lo despreciaban por lo bajo, pero luego se andaban con grandes miramientos, por más que los martirizase con sus historias. Él estaba convencido de que su gran poder le venía de los obituarios. Le divertía mucho tener en sus manos el Juicio Final.

Pues ése fue mi segundo marido. Había venido a verme porque estaba preparando un libro sobre los magnates del petróleo, y más en concreto sobre la familia Nabar. Le dije de entrada que no iba a obtener de mí ninguna información, que no pensaba abrir la boca sobre el asunto. Para mi sorpresa, no insistió. Me llamó luego para contarme que había abandonado la idea de aquel libro: Escribiré uno sobre usted, ¡la hermosa mujer que dejó al rey del petróleo! Me llevé un susto tremendo. Era una broma. Desde entonces, comencé a ver sus horribles corbatas de color chillón por todas partes y a escuchar sus estruendosas carcajadas de payaso perverso. Nos hicimos amigos. A veces lo miraba y me preguntaba a mí misma qué hacía allí, al lado de aquel pequeño demonio que se burlaba de la felicidad y que cada día sobrevolaba la ciudad como un buitre en busca de presas desgraciadas. Pero la pregunta dejaba de tener sentido en cuanto él entraba en escena con su sonrisa maliciosa de oreja a oreja. La vida era una comedia, un espectáculo, ¿por qué no seguirle el juego?, ¿por qué empeñarse en tomarla en serio?

Joker era un cínico, un resabiado, un mentiroso, y a veces, un verdadero forajido. Esa manera de ser, esa forma de ir por la vida, fingiendo y aprovechándose de la gente, y que la gente, sabiéndolo, le siguiese el juego, e incluso lo adulase procurando su presencia en lugar de huirle, a mí me tenía fascinada. Era una cara del mundo que yo desconocía por completo. Había muchas cosas de las que era ignorante. Cosas que tienen que ver con la naturaleza humana. Por ejemplo..., por ejemplo, creía en los pecados. Creía en los pecados igual que cuando era niña. Sabía que podía cometer un pecado pero también estaba segura de que me daría cuenta, de que diría, bien, hice un pecado y hecho está, o esto quiere una penitencia. No podía imaginar otra manera de ver las cosas. Lo que me atrajo de Joker fue esa forma inmoral de ir por el mundo, esa manera tan descarada de ser egoísta, esa valentía para no tener escrúpulos. Todo envuelto en guante de seda. Llegó un momento en que yo misma me encontré diciendo de las cosas: Me conviene, no me conviene. Las cosas no tenían valor por sí mismas. Tampoco debía dar crédito a los sentimientos espontáneos. ¡Era yo la medida de todo! Creo que pensé que con aquella clase de hombre podría ser libre y estar protegida al mismo tiempo. Y acerté. Porque conmigo representaba hasta el límite el papel del caballero enamorado, como si trazase un círculo en torno a mi nombre y decidiese convertirlo en una isla protegida. No pedía nada a cambio. Para él fui algo exótico, una especie de debilidad. Yo sólo veía esclavas alrededor. En la baja y en la alta sociedad. Con él no era una esclava. De nada. De ninguna obligación, de ningún sentimiento. Y de hecho, viviendo con él, gracias a vivir con él, fue cuando de verdad comencé a amar a Gondar. Mi tío aborrecía a Joker, se comportaba como si no existiese. Pero en el fondo, también él sabía que de no aparecer aquel demonio en mi vida, nunca tendría fuerzas, nunca sería capaz de hacer lo que hice.

Y era el corazón de Rosa el que corría agitado en el silencio que siguió, mientras los dedos de la señora rebordaban melancolías en el encaje del tapete camariñán. Formas vegetales. Un laberinto de ternura para descansar los ojos.

Sí, Gondar y yo fuimos amantes, dijo Misia, sin esperar preguntas a la antigua manera, en cauteloso cerco. Con Joker viví hasta que murió. Para mí fue muy triste, lo llegué a querer de alguna manera. Y él no tenía previsto morir tan pronto. Creo que estaba convencido de que la muerte tendría con él alguna deferencia. Una noche en que volví a casa después de visitarlo en el hospital, se me ocurrió revolver en sus papeles. ¿Sabes lo que encontré? Encontré un archivo de notas necrológicas de gente que todavía no había muerto. Estaban listas para publicar en el periódico. Sólo les faltaba la fecha de defunción.

¡Cielo santo!, exclamó Rosa. ¡Les había hecho el último traje!

Una de ellas era la de Gondar. Joker sabía cosas sobre él que yo no podía imaginar. Lo que allí estaba escrito era la biografía de una persona que yo no conocía. ¿Es posible vivir con alguien que pertenece a un cuento y no darse cuenta? Gondar resultaba ser un actor, una invención. Estaba casado. Tenía un hijo. Joker lo retrataba como un héroe anónimo. Había dirigido una red de republicanos españoles esparcidos por el mundo. Durante la guerra mundial, fue condecorado en secreto por los británicos. Por lo visto, en aquellas ausencias que yo suponía viajes de negocios, él realizaba arriesgadas misiones. Después de leer aquello, el mundo me pareció más que nunca un extraño teatro.

¿Y qué hizo?

Nada. Hay cosas que deben seguir hasta el final, dejar a la vida que juegue un poco. No tienes derecho a pedir explicaciones a nadie con su necrológica en la mano. Fuimos felices. Cuando de verdad murió, ningún periódico se acordó de él. Me esforcé entonces por encontrar a la mujer y al hijo pero nadie sabía nada de nada. En el entierro estaba yo sola, bajo la lluvia, mirando cómo el agua escurría en la tumba enlodada.

¿Y a usted, ese Joker, no le había hecho esquela?

No. De mí, nunca escribió nada. Ni una línea. Ni un poema de amor. Debía ser cierto que me quería.

¡De esto que oíste, ni pío, eh, Matacáns!, dijo Don Xil en el escondite, con voz severa, que bien se le notaba la turbación. ¡Son cosas de familia!

¿Y a quién iba a predicar yo, señor cura?, respondió el paisano, aún confundido por la historia oída. ¡Aquí no hay más que difuntos!

Ya la primera noche bajaba por las cañadas, entre las Peñas Cantoras. Rosa, fascinada, había olvidado el tiempo y mucho sintió el volver al mundo. El niño no había despertado en toda la tarde. ¡Tiene el sueño cambiado! ¡Lo pondría debajo del caño de la fuente y seguiría dormido!

Y cuando abrió la puerta principal, encontró arremolinado el rebaño de ovejas, impacientes por entrar en el pazo. Esperó con el coche de bebé a que hubieran pasado y vio cómo se acurrucaban todas juntas en el salón, al lado de la escalera de honra, donde quebraba en mármol la sombra señorial. Luego se lamentó para sí al internarse en lo oscuro. ¡Mi marido! ¡Mi marido me va a matar!

14

Ya en la bodega, Matacáns dio a probar al cura unas hojas de periódico que tenía amontonadas en un rincón.

Métale el diente a éste, Don Xil, parece más curado.

Tenía el papel un amarillo de unto. *El Ideal Gallego.* Franco, una docena de truchas en el río Eo, un urogallo en los Ancares, muchos hoyos en el Club de Golf, cinco penas de muerte en el pazo de Meirás. Doña Carmen Polo y sus amistades coruñesas asistieron ayer a la proyección de *Lo que el viento se llevó,* en el cine Equitativa.

Esto es lo que se llama mantenerse de nostalgia, dijo con sarcasmo el cura, saboreando los titulares.

Matacáns: ¿Qué?

Nada.

Y ahora, para el ardor, dijo el furtivo guiñando el ojo sano, ¿qué le parece un moscatel?

Don Xil notó que el corazón latía como una máquina de coser. Sus ojitos relucieron en lo oscuro. ¿Qué es lo que dices, Matacáns?

Lo que oyó, señor cura. Lo de las botellas es puro vinagre y los toneles están vacíos como bombos, pero hay un barril, Don Xil, un barrilito que es sangre de Cristo.

¡Dios te bendiga, Matacáns! Vayamos a catar ese milagro.

Al mirar y seguir el camino que mostraba el pagano, sintió el cura una extraña presencia, una sombra de aire que le puso alerta y amargó la alegría del momento.

¡Por aquí hay alguien, Matacáns!, dijo el cura tirándole del rabo nerviosamente.

¿Alguien? ¿Cómo que alguien? Esto está lleno de gente, señor cura. En confianza, sólo hay que cuidarse de las musarañas, menudas y fieras, no sé de dónde carajo vienen. ¡Serán bandidos!

El furtivo subió por unos tacos y luego se encaramó ágilmente a lo alto del barril. Echó entre dientes una maldición. La tapadera estaba recién roída y en el vino aboyaban unos cuantos difuntos.

¿Pasa algo?, preguntó impaciente Don Xil desde abajo.

¡Todo bien!, dijo Matacáns. Y se descolgó hasta la espita, que primero sólo pingó pero que luego echó en chorro hacia el rosal de la cunca.

¡Bendito seas, desgraciado!, murmuró con emoción Don Xil cuando las primeras gotas le salpicaron el morro. Mas al ir a beber en la taza, cuidadoso de no volcarla, escuchó un barullo de voces a su alrededor que se iban distinguiendo conocidas al acercarse, voces que se entrecruzaban como una caótica feria de la memoria. Y no le dio tiempo a mirar para atrás porque, atraída ahora por el dulce fluir, se vio rodeado por una bulliciosa tropa salida ciertamente de debajo de las piedras, la mayoría ratones pero los había también sapos, arañas, pulgas, hormigas, cucarachas, abejas, caracoles, babosas, paulillas y hasta un murciélago que maniobraba con temeridad desde las vigas del techo.

A' Araña: Este hilo de seda, tal como lo veis, en la misma proporción es más fuerte que el acero.

O' Sapo: A mí, las moscas que me van son las del lacón.

A' Cascuda: Son como unos pelitos muy sensibles por lo que sabes de qué parte van a venir los golpes.

A' Formiga: La verdad es que no nos cambió mucho la vida. Criamos una especie de pulgones mansos como vacas. La leche es del tipo condensado.

A' Pulga: Me siento como Supermán pero en pequeño. Con estas bolsitas elásticas saltamos el equivalente a doscientos metros. ¡Quién las pillara antes!

A' Abella: Me falla algo la vista, pero luego tienes ventajas. Por ejemplo, en las antenas incorporas unos órganos quimiorectores de mucha utilidad para los olores a distancia.

O' Caracol: Dispensando, lo que me jode es el reúma. Reúma de vivo, reúma de muerto. ¿Será una dolencia del alma?

O' Morcego: (Pasando) ¡A 100.000 hertzios!

Ése es Gaspar, explicó Matacáns, de nuevo al lado de Don Xil. Aquel que tenía una moto de estallos.

¡Por los clavos de Cristo!, exclamó el cura. ¡Aquí está media parroquia!

¿De qué se extraña? Con la recomendación que llevábamos, no nos quisieron ni en el Cielo ni en el Infierno, dijo no sin reproche Miranda, la araña, que había sido costurera.

¡Pasó lo que pasó! ¡Bebamos ahora a la salud de todos!, brindó Matacáns para salir al quite. ¡Y para quieto, Gaspar!

Pero todos quedaron paralizados y asustados, con los sentidos alerta, porque de una de las junturas del muro, asomando trabajoso, se había hecho visible un lagarto que les pareció un enorme monstruo. Cuando estuvo a la altura de una de las flechas de luz que entraban por las rendijas del techo, el lomo del forastero refulgió en colores del arco iris.

Disculpen la molestia, dijo el arnal con ojos somnolientos. Vengo algo tonto del invierno, ¿tendrían la bondad de orientarme?

Éstas son tierras del fin del mundo, le informó Donalbai, un caracol que fue arriero.

No ando entonces descaminado.

¿Y hacia dónde va, si no es mucha la pregunta?

¡A San Andrés de Teixido!

Se persignaron todos y se escuchó la coral letanía del santuario de occidente: ¡ALLÍ VA DE MUERTO QUIEN NO FUE DE VIVO!

Permítanme que me presente, dijo el arnal animado por el quórum de voces y por las caricias providenciales del haz de luz. Mi nombre es Marcial Requian, productor de crímenes, para servirles.

La identidad del forastero dejó a los parroquianos confundidos y otra vez con recelo en los entrecejos. Algo embarazoso debió resultar el silencio pues el saurio se sintió obligado a ser más explícito.

Quiero decir que yo era productor de crímenes para cine y televisión. Tenía que inventar formas de matar y morir.

Mucho trabajo era ése, observó Borborás, un sapo que había sido músico de la orquesta Caracola, de Néboa.

Trabajo no faltaba, no, dijo con cierta nostalgia el arnal. Como ustedes saben, una película que se precie requiere muchos fiambres, dispensando, y además a la gente no le gustan las repeticiones. Aunque mueran mil en una guerra, tiene que echarle imaginación y procurar que la cosa sea variada, que a uno le revienten el pecho, que a otro se le desgarre el brazo, que a un tercero le salgan las tripas, o que uno escupa un ojo por la boca... Las más sencillas eran las del Oeste, pero luego la tarea se fue complicando. Para mí, las más aburridas son las de las armas modernas, en las que los muertos desaparecen pulverizados, y fuera. Mucho ordenador. Si no hay cadáver, si no hay sangre, se acabó el arte.

¿Es cierto que la sangre es de tomate?, preguntó Miranda.

¡No, mujer! Hay otras pinturas.

Y dígame, intervino Don Xil, que había permanecido muy atento, ¿a cuánta gente mató usted?

¡Buf! No sabría decirlo. La producción de fiambres se multiplicó con la televisión. Había días que tenía que elucubrar muertes hasta a la hora de comer. Una muy celebrada fue la de un hombre que se desangraba por arrancarse un pelo de la nariz. Cada cosa que hacía se convertía en un escenario posible para deshacerme de la gente. Estaba en una fiesta con unos amigos, y mientras ellos hablaban de un viaje de placer por el Caribe, yo imaginaba cuál sería la forma más espectacular de colocar un cadáver en aquella casa, si despedazado en la nevera o repartido en trocitos, en forma de croquetas, por los platos de aperitivo. Por si esto fuera poco, tenía que estar al tanto de la producción de crímenes de la competencia.

Pero ¡eso es para enloquecer!

¡Ejem!, gargarizó el arnal. No me di cuenta yo del túnel en que estaba metido hasta que quise volver y no podía. La situación se hizo angustiosa cuando comencé a trabajar en una serie sobre suicidios para televisión. Se titulaba *Adiós mundo cruel.*

Como especialista, tenía que sugerir al guionista ideas originales de quitarse de en medio. Todo iba funcionando más o menos bien hasta que otra cadena puso en marcha un programa semejante, *Yo me voy*. Fue una lucha fiera, despiadada, por la audiencia. ¡Más allá, más allá!, nos espoleaban los directivos. Ya no servían de nada los métodos clásicos. Nada de ahorcarse en un alboyo, nada de gas, nada de tirarse al mar. Con permiso de los presentes, eso eran maricondas. ¡Había que impactar a la gente! Tuvo mucho éxito un episodio en el que el protagonista, por despecho de un amor que le había dejado, decidió secuestrar a esa que fue su novia. La ató a una silla y, delante de ella, preparó el suicidio. Se colocó sobre un gran bloque de hielo, puso luego una estufa al lado, apretó fuertemente el lazo corredizo en el cuello y... La agonía duró lo que la piedra en deshacerse.

En la campana de la taza pingaba funerario el badajo líquido de la espita. La parroquia difunta miraba con pavor la imaginaria pantalla en la que un hombre iba perdiendo pie a medida que se hundía el tiempo en la charca del suelo.

¡Qué barbaridad!, ¡telebasura!, exclamó Don Xil sin poder reprimirse más. Todo eso va contra la ley de Dios.

Lleva razón, dijo pensativo el arnal. Pero batimos el récord de audiencia. Sin querer ofender, no creo que Dios repare mucho en las teleseries.

¿Y usted?, preguntó Borborás por matar la curiosidad de todos. Quiero decir, ¿usted cómo...? Ya me entiende.

Era un ritmo insoportable. Tuve que tomar tranquilizantes. Yo no es que quisiera morir. Lo que quería era descansar, descansar de verdad, pillar una noche larguísima. Un día, a la vuelta del trabajo, me di cuenta de que había perdido la cabeza. Es decir, que pensaba lo que no quería pensar y ya no era capaz de controlar el hilo. De repente, me entró mucho miedo. Me miré en el espejo y dije: Tienes que dormir, Marcial. Primero, tomé dos pastillas, después otras dos... Aún hoy me dura el sueño.

15.

Y el que más placía a Rosa de todos los trabajos era peinar a la niña. Anabel la llamaban. Le había
puesto ese nombre por una telenovela que mucho
la había hecho llorar. La otra Anabel estaba enamorada de su padre, pero ella no sabía que era su padre, que
estaba de buen ver aunque ya gastaba canas en las sie-
nes, todo un caballero, pero en realidad Anabel pensaba que sólo era un viejo amigo de la familia que había
regresado rico de Miami a... ¿Dónde era que pasaba
todo esto? Bien, pues el padre de Anabel, el que era
pero no era, también estaba enamorado de ella, así que
Anabel quería a su padre y su padre, el marido de su
madre, la amaba a ella. Por su parte, la madre, la madre
de Anabel, seguía enamorada del padre, del verdadero
padre de Anabel, es decir, de su antiguo amor. Ahora
que lo pensaba, mientras peinaba a la niña, le sonaba a
broma, pero entonces..., entonces, estando como estaba preñada de la niña que sería Anabel, cuánto no había llorado, cielo santo, sentada en el sofá del tresillo
recién estrenado, ese olor a mueble forrado en imita-
ción que olía a algo más que cuero y que le recordaba
días, días de... ¡Bah, ta quieta! Sobre todo los domingos como hoy, por la mañana, cuando el renacido sol
que perseguía los talones del invierno calentaba el
atrio de la casa, y sentaba fuera a la niña en una silla y
la peinaba, peinaba sus cabellos hasta dejarlos como
seda, hilos de oro en mis manos, rubia Anabel, mi prin-

cesa, no crezcas, no seas mujer, queda así para siempre con el perrito de peluche en los brazos. Pero hoy..., hoy tenía que mirar bien por lo menudo por el bosque de la nuca y detrás de las orejas porque..., porque la niña asegura que le pica y no hace más que rascarse, qué demonio va a tener, bien lavada como anda, no como antes, santo cielo, qué miseria, las cuadras del ganado dentro de la casa, sólo con el agua del pozo, y bañarse, ¡bañarse!, bañarse una o dos veces al mes, y no hablemos de la comida, también se nota en el pelo que comen mucho mejor, mira cómo le brilla. Y menos mal, y menos mal que nosotros... ¡Ta quieta, nena! No creo que tenga nada, ¿qué va a tener?, mirar hay que mirar. ¡Vete tú a saber en la escuela lo que allí hay!

Y entonces gritó, tan nerviosa que se puso, gritó: ¡Cabrón, hijo de puta, desgraciado!

Déjamelo ver, mamá.

¡Calla la boca!

...

¡No llores! La puta de la madre que lo hizo. Mira, mira. Lo llevaba en la yema del dedo, aún se movía.

¡Tiene seis patas!

¡El coño que lo hizo! ¡Puerco!

Ya no recordaba muy bien cómo eran y el de ahora le pareció enorme. Achaparrado, duro, con la cabeza chupona, huésped ahíto de la sangre caliente de mi niña, mira cómo patea que hasta se le ven las pinzas. ¿Será hembra? ¿Cómo harán éstos para hacerlo? Seguro que le llenó la cabeza de huevos, liendres pegaditas al pelo, te miraré uno a uno si hace falta, mi niña, todo el domingo por delante para limpiar de piojos las melenas de la princesa.

Y fue a la cocina y volvió con el plato del vinagre. Mejor así, uno a uno, con las manos, y habrá que echarle esa cosa de la farmacia, qué asco pedir algo así, mejor con las manos. La cabeza llena, ¿cómo no los veía antes? Los puercos chupando en la nuca de la niña, clavando sus pinzas en los hilos de oro.

¿Con quién juegas en la escuela?

Hay uno que siempre lleva los mocos colgando.

¿Juegas con él? ¿Está a tu lado?

No.

Pues no le eches la culpa.

Juego con Patri, y con Luci, y con Milagritos...

Bueno. Déjalo. Sabe Dios de dónde vinieron.

Y por la noche, cuando el hombre volvió, que ahora también andaba en negocios y trabajos los domingos, le dijo que la niña tenía piojos. Estaba en la cama, ella despierta, con los ojos muy abiertos en lo oscuro. Él acostado de lado, con el brazo izquierdo muerto sobre la colcha.

Tengo gases. ¿Sabes? No sé si no estaré preñada.

Y él también abrió los ojos, pero sin palabras.

16.

Y Simón no tenía descanso pues atendía el ganado y los labradíos de la casa y también echaba una mano a Rosa con los niños, sobre todo con el pequeño, que era aún de andar a gatas. Pero Cholo, el cuñado, lo tenía por perezoso y también por idiota y le ponía enfermo aquella música mexicana que siempre lo acompañaba, fuese en el prado con agua hasta los tobillos o limpiando la cuadra entre el vaho de las vacas y el estiércol de tojo. Había otra cosa que Cholo no soportaba en Simón: la eterna sonrisa, la calma feliz de su rostro. Y todavía más: el amor que se tenían los hermanos, la mutua protección entre mujer y mudo.

Le buscó un trabajo y le dijo con una palmada en la espalda: Vas a ser un hombre, Simón.

¡Treinta años! ¡Qué hace un macho en la casa con treinta años! ¿Limpiarle el culo a los niños? Tendrá un salario. Será un hombre.

Pero yo estoy sola, le había dicho Rosa.

Míralo ahí fuera: está feliz. Hasta habla con el caballo.

Y se levantó Simón con el alba y cuidó a los animales. Hierba con el olor del amanecer, en la cuadra, y maíz y verduras al cerdo y en el gallinero. Para Albar, una mixtura de avena, cebada y salvado. Por último, sentado en una banqueta delante del barbanzón, tomó sus sopas. Antes de marchar, pensando en Rosa, encendió el fuego del llar. Y puso la casaca azul

federica con golpes y vivos encarnados, colocó el walkman, asentó el sombrero mariachi, y allá marchó, de a
caballo y a trasmonte, escoltado por el ejército del rey
de Galicia, hacia el aserradero de Néboa.

Albar trotaba alegre. Escuchó resquebrajar-
se bajo los cascos las agujas heladas de la pinocha. Se
sintió familiar por los hondos caminos, viejas galerías vegetales con arcos de laurel y acebo. Buenos
días de mirlo. Ni un motor lejano. Y se sorprendió
el caballo de oír cantar a un hombre que no era otro
que el suyo y le pareció entonces más ligero y que
aquel cantar tenía el compás del trote. Yo quiero ser
fusilao en mi caballo prieto azabacheeeeee.

La verdad, explicó Toimil al rey de Galicia, es
que no sabría decir si era triste o alegre el cantar que
llevaba. A mí, esa música mexicana me confunde los
sentimientos. El caso es que Simón y Albar llegaron
al aserradero unos minutos antes de la hora. Había
allí un grupo de operarios que calentaban las manos
alrededor de una estufa hecha con un bidón y com-
bustible de serrín. Cuando lo vieron aparecer, se echaron a reír a carcajadas, sin disimulo.

¡La Virgen!, dijo uno que era de la parte de
Santa Comba, ¿y quién es ese general?

Simón descabalgó, contó Toimil, y fue hacia
ellos con su cordial sonrisa y sin preocuparse de qui-
tar el sombrero y los cascos. Ellos correspondieron al
gesto de saludo sin dejar de hacer chanza, pero nuestro ahijado lo interpretaba todo como un amable re-
cibimiento. El capataz, que llegó poco después, traía
en cambio cara de pocos amigos.

¡Eh, Ricardo! ¿Has visto el artista que nos
manda Cholo?

¡Jorge Negrete! Ja, ja, ja ...

¡Eh, tú!, gritó el encargado a Simón, acompañándose de un gesto enérgico. ¡Quita los cascos!, dijo señalando las orejas. ¡Fuera esos chismes! E hizo como que cogía los auriculares y los arrojaba al suelo. Y luego añadió, sin dejar de gesticular: ¡Esa ropa, fuera esa ropa! ¡Poner como ésta! ¿Ves? ¡Hay que poner ropa así para trabajar! Esa que llevas está bien para un circo. ¡Circo! ¿Entiendes? ¡Esto no ser circo!

Para un circo, repitió en bajo. Fue entonces cuando reparó en Albar como si acabase de descubrirlo. ¡La hostia en verso! ¿Y ese caballo? ¿De dónde salió ese caballo?

Lo trajo él, jefe. ¡El Llanero Solitario!

¿Has venido desde Arán a caballo?, preguntó el que llamaban Ricardo a Simón, imitando el trote, tacatán, tacatán, con la voz y los dedos. ¡La Virgen bendita! ¡Qué paquete! Menos mal que tienes buen lombo.

¿Cómo le fue el día?, preguntó el rey de Galicia.

Trabajó por tres o cuatro, dijo Toimil. Se sentía bien levantando pilas de madera como si fuesen torres en el aire. Y le gustaba el olor a serrín y labras. También a mí. El asunto fue que, al final de la jornada, los otros operarios le escondieron el sombrero mariachi y el artefacto de la música. No son mala gente: es costumbre del primer día hacer novatadas. Pero él, pobre, no entendía lo que sucedía, el porqué de aquella maldad. Se sentó en un tronco y se echó a llorar. Y entonces fue uno de los otros, precisamente el de Santa Comba, muy conmovido por ver a aquel gigante con los ojos enrojecidos, el que le devolvió los tesoros.

¡Mañana no traigas ese aparato!, dijo el jefe señalando el walkman y moviendo la cabeza en negativo. La máquina puede llevarte los dedos, ¿entiendes? ¡Raaaas, y allá van los dedos!

Simón miró en silencio para Albar. Estaban a dos pasos del animal.

Y si quieres venir cabalgando, dijo finalmente el jefe, eso es cosa tuya. Se acercó a Albar y le acarició el cuello.

Bonito caballo. Bonito, sí señor.

17.

Todos en Arán eran muy lectores de *El Caso*, semanario de sucesos, pero sólo en una ocasión la parroquia tuvo la honra de aparecer en portada. Fue con motivo del asesinato y pasión de Gaspar *O' Morcego*. Quisieron que Marcial Requián, productor de crímenes para cine y televisión, escuchase el relato por boca de un testigo de excepción de aquel memorable hecho.

¡Baja de ahí, Gaspar!, gritó ahora imperativo Don Xil.

El murciélago hizo una llamativa elipse en el aire y luego descendió para posarse sobre la llave de uno de los toneles.

Mira, Gaspar. Este señor, le explicó el músico Borborás, señalando el arnal, es una acreditada autoridad en el mundo de los sucesos y en el arte del criminal entretenimiento. Aunque con modestia, tuvimos la oportunidad de que nuestro lugar, gracias a tu caso, figurase en letras de molde en la historia de los crímenes pasionales. Cuéntale cómo fue.

No me gusta recordar, dijo con tristeza el murciélago.

¡Un esfuerzo, Gaspar, como si fuese un cuento!

Que le eche un trago, aconsejó Matacáns.

¡Anda, Gaspar!, le animó la parroquia.

Le escucho con respeto, dijo el arnal. ¡Yo que las puse en escena, no sabe cuánto envidio una muerte romántica!

Bien. Yo tenía un cariño en Alemania. Era una moza que había venido de Turquía. Menuda, delgada, de carnes prietas. La cogía en brazos y era como abrazar una llamarada. Tenía unos ojos negros que prendían, que a la vez hacían al que miraba ligero como una nube. No sé si me explico.

¡Te explicas muy bien!, dijo Borborás impaciente.

Ella a mí me quería, no sabía yo hasta qué punto, por lo que se verá, aún más de lo que yo a ella. La cosa es que había un tercero, otro que andaba tras de ella y que era de su tierra, del mismo lugar, casi vecinos. Los tres trabajábamos en la misma fábrica y aquello se puso complicado, además de difícil, con miradas cruzadas, miradas de calor las nuestras pero también afiladas como navajas las del otro. Él creía que ella le pertenecía y me lo vino a decir un día. Yo..., yo, no sé, llegué a aceptarlo, me resigné, no por cobardía, bien lo sabe Dios, sino por costumbre, porque estamos así hechos, el mundo es como es, en tribus, no sé, me fui haciendo a la idea de que ella tenía que ser para él. Lo cierto es que me alejé de la chica, dejé de mirarla en el trabajo, no le hacía caso en los recados, no le acudía a las citas. Y ella vino un día a mi lado, en la fábrica, y me preguntó que qué me pasaba, y yo, yo...

¡Ánimo, Gaspar!

Yo le dije que me dejase tranquilo, que se había terminado todo, ende, machen schenss, ¿entiendes?, fin, finito, adeus, nena. Y fue ella y allí mismo me clavó un cuchillo en el pecho y caí, caí despacio, mirándola con amor, sin dolerme, porque me vino derechito al corazón para quitarme aquel dolor que yo tenía de días y días de amargura. Después mató al otro. Más de veinte cuchilladas.

Por la pausa y por el aspecto de la parroquia, todos estaban viendo en la pantalla de la bodega el brazo delgado y eléctrico cebándose veinte veces en el intruso.

Ahí estuvo el follón, explicó Don Xil al arnal, confundieron los cadáveres. A Arán enviaron el del otro. Venía en una caja de cinc sellada a conciencia. Los alemanes son muy profesionales. Pero la gente quería verle el rostro a Gaspar y hacerle el velatorio como es debido. Así que abrimos el ataúd con unas tijeras de herrero. Apareció el otro.

¿Y qué hicieron?, preguntó el arnal impresionado.

¿Qué íbamos a hacer? Lo enviamos de vuelta. Ellos, lo mismo. Eso que Gaspar sólo tenía una cuchillada.

¿Y la mujer?, preguntó el arnal.

¿La mujer? ¡Qué sé yo!, exclamó Gaspar melancólico. Cantaba canciones, esa clase de canciones que mete el mar en la radio por las noches.

18.

No quiero tener ese hijo, dijo Rosa sin llorar. No puedo tener ese hijo.

Era noche de San Juan. Ardieron en torre luminaria las hogueras. Repicaron en pavesas sus coronas de laurel. Ahora se apagaban esparcidas por el suelo como luciérnagas nostálgicas. Había ido a ver a Misia después de la cena, cuando los niños ya dormían y Cholo y los hermanos prolongaban la velada jugando a la baraja, amarrados con grueso deleite a los montecristos y al coñac, tras el hartazgo de sardinas y churrasco, felices de verse en camada, a sus anchas, sin mujeres ni criaturas cerca.

Voy a llevar las hierbas a Misia, había dicho ella, en la mano el ramo de perpetuo, helecho, sabugo, espadaña, laurel, manzanilla e hinojo, las siete esencias del San Juan para perfumar la cara y espantar las maldiciones.

¿Y ese vino?, rezongó el hombre, sin levantar la vista de la partida.

También, también lo llevo.

Arrastro en oros, dijo él, petando en la mesa con los nudillos al soltar el naipe. No tardes. Puede despertar el crío.

No quiero tener otro hijo, dijo ella a Misia. No puedo tenerlo.

Se dio cuenta de que no lloraba, de que las palabras le salían solas, se desprendían neutras por el abismo de los labios, atenta al puñetazo de dolor en el vientre, nudillos que se hunden en las entrañas, una carta al azar.

Hubo un tiempo en que yo lo quería mucho.

Ahora sí lloraba. Qué bien, sentir esa mano tan diferente a la suya, una caricia de huesos frágilmente ceñidos por la piel. Una mano, no obstante, increíblemente fuerte, caliente, noble, amiga.

Es cierto que nos queríamos mucho. Recuerdo..., recuerdo que cuando él estaba emigrado en Suiza, al poco de casarnos, algunas veces yo..., yo me sentaba en aquel coche viejo que él tenía de mozo, aquel Seat pequeñito, abandonado allí, en el alpendre, y llevaba una radio y ponía música e imaginaba que estaba a mi lado. Encendía un cigarro, así, y luego decía gracias echando el humo muy despacio, así, hacia sus ojos, de la manera que había visto en las películas. ¡Fíjese qué tontería!

Ahora las dos también fumaban. Gracias Señor por el puente de plata que nos lleva de la lágrima a la risa. Bebió otro trago.

Quizá llovía fuera y a mí..., a mí me parecía que íbamos por una carretera con brillo y que él retiraba una de las manos del volante y que me acariciaba entre las piernas. Yo me ponía muy cachonda. No me lo va a creer, pero allí sola, en el cobertizo, metida en aquel coche viejo, rodeado de aperos y haces de hierba, lleno de arañas, con música y humo, mientras veía llover fuera, me ponía realmente, realmente a cien.

Sí, lo quería mucho. Iba marcando los días en el calendario de la pared con una cruz. No sé qué pasó. Miro para atrás y no sabría decir cuándo se perdió todo eso, cuándo dejamos de usar unas palabras cariñosas por otras hirientes, cuándo comenzamos a rechazarnos en cama o a hacerlo como máquinas. No sé. Me parece un extraño, uno de esos tipos que te miran de arriba abajo si estás sola. Al hacerlo, cuando lo tengo encima, pienso que es alguien que no tiene rostro. Podría morirse y no lo echaría de menos. Dios me perdone.

19.

Don Xil sintió en el corazón el toque de ánimas. Estaba en el desván, intentando digerir una página de anuncios breves que había traído el viento y que le llamó mucho la atención, pues en medio de ventas de pisos y de automóviles de segunda mano encontró ofertas imprevistas del tipo: Ama jovencísima, castigo, humillación total, bellísima, sensual. Pechos abundantísimos, pies perfectos. Llámame, serás mi esclavo automáticamente. Vídeo. Hotel. Domicilio. Visa. O aún otros mucho más directos, del estilo: Sandra. Viciosa. Y seguía un número de teléfono. Ahora, aquellos nombres de mujer unidos a un número para provocar deseo, aunque fuese mercenario, habían sido roídos con melancolía por el ratón del tiempo, el viejo cura cazador que se asoma a una rendija del desván y mira las lámparas del valle de Arán.

¿Qué es esto de élite, señor cura?, preguntó Matacáns, que aún intentaba leer abriendo mucho el ojo sano, sobresaltado por las novedades de la sección, y valiéndose del carburo sentimental de la luna llena.

Élite es lo mejor, lo más selecto de la sociedad, respondió Don Xil sin dejar de mirar el belén y ajeno a la intención.

Élite, leyó Matacáns, Alto Nivel. Superdotada. Bellísima. 30.000 pesetas. También Visa. ¿Y esto de Visa, señor cura, qué carajo es esto de Visa?

¡Déjalo ya, Matacáns, calla la boca!

¡Treinta mil pesetas por un polvo!, continuó el furtivo. ¡Cómo está la vida! Y marchó ligero escaleras abajo, murmurando precios de otro tiempo en la calle del Papagayo de Coruña, en la casa de la Bellateta. Pero al poco asomó de nuevo muy excitado y sacó al dómine de la meditación en que estaba sumido.

¡Don Xil, Don Xil! ¡Ahí abajo hay un infiel!

¡No fastidies, Matacáns! Déjame en paz.

¡Uno de esos moros vendedores de alfombras, señor cura!, pregonó alegre el tuerto. Y marchó corriendo por donde había venido.

Don Xil lo siguió en principio con pereza, apesadumbrado como estaba por pensar en lo que fue y no fue, pero luego, ya cerca de la bodega, apuró el paso y llegó a tiempo de escuchar cómo aquel ratón pardal, fino hablar afrancesado, contaba como historia de otro el propio atropello y muerte en la carretera de Arán. Y lo más curioso del caso es que acababa de suceder, allí mismo y en la tarde. Caminaba Mohamed por la orilla, cubierto por su mercaduría de alfombras, cuando pasó veloz un coche que bordeó la cuneta y fue a batir al hombre por detrás.

¡Van como locos!

¡Es una peste!

Lo que más me dolió, dijo Mohamed a la parroquia congregada, es que no parase. Antes del último suspiro, aún tuve tiempo de escuchar el acelerón.

¡Sinvergüenza!

¡Animal!

Le pasó lo mismo a un abuelo mío que murió atropellado en Coruña, contó Borboras. Siempre decía: No me mataron en dos guerras y me ha de matar un coche. Y así fue.

¿Y las alfombras?, preguntó Miranda.

Allá quedaron, entintadas en sangre, dijo Mohamed pesaroso. Fueron mi último lecho. Llevaba unas muy bonitas, con pirámides y rombos, como las shiraz de Persia, y también otras más claras, a la linda manera de las kars de Turquía, o las hamadam, que son iraníes.

Nosotros sólo teníamos una, al lado de la cama, dijo Miranda. Al amanecer, aún siento los pies, dulzura de los buenos días. La compramos después de la boda, en El Palacio de las Alfombras, en la calle de San Andrés.

Yo, en Coruña, dijo el cantero Donalbai, sólo paré para ir a la Caja de Reclutas de mozo y al Ambulatorio Médico de viejo, allá en el Orzán. Recuerdo, eso sí, el café-bar Borrazas. Hacía un alto allí para tomar un carajillo después de ver al médico.

¿Paraba usted en el Borrazas?, dijo con alegría Mohamed. Allí me dejaban descansar con las alfombras y tomaba mi té.

Tenía por lo menos veinte jaulas con canarios y jilgueros, recordó Donalbai. Era una primavera al salir del Ambulatorio. Después pusieron una televisión y un día se llevaron los cantores. Me dijeron que la gente se quejaba cuando había fútbol.

Y usted, dijo de repente Don Xil dirigiéndose a Mohamed, ¿usted cree en Dios?

Tranquilamente, dijo Mohamed.

20.

Y a Cholo le empezaron a ir bien los negocios, que ya trabajaba por cuenta propia. Acertó, además, en comprar una finca que luego revendió a mejor precio y cogió maña en ese trasiego, de tal manera que se vio con dinero como nunca había calculado. Pensaba ya en asociarse con sus hermanos: eran buenos tiempos para construir y vender. Hubo otra circunstancia que prometía cambiar su vida. Bernardo, un vecino de Arán, de la casa de los llamados por mote Mecos, salió elegido concejal en Néboa. Las familias nunca se llevaron ni mal ni bien y aquella elección le resultó a Cholo indiferente en un principio. Él no tenía una idea formada sobre la política: era ésa, en todo caso, una palabra que usaba con desprecio. De tal forma la había oído pronunciar siempre. Franco puso orden, puso en cintura un país ingobernable. También eso fue lo que siempre oyó. Un día, estando en Suiza, un compañero de obra, gallego como él, un tal Iglesias, le habló de luchar por la amnistía para la gente presa en España.

   ¿Amnistía? ¿Qué coño es eso de amnistía?

   Libertad, le dijo el otro.

   ¿Libertad? ¡Que les den por el culo, que no se metieran en líos! Yo, estoy aquí para trabajar, ¿entiendes?, para trabajar. ¿Me dan a mí ésos de comer?

   El otro lo había mirado, sin decir nada. No esperaba aquella respuesta desabrida.

Que le den también a él por el saco, un co-memerda como yo, murmuró Cholo, espetando la pala en el montón de arena, cuando el compañero se alejaba.

La elección del Meco le llevó de todas formas a hacer algún comentario burlesco a cuenta de la estrenada democracia. Si él es concejal, también yo podría serlo. Ja, ja, ja. De hecho, ellos no votaron por nadie. A Rosa ni se le ocurrió y él aprovechó aquel festivo para una gestión de intermediario. Pero meses después, Cholo comenzó a hablar de Bernardo sin llamarlo por el alias y con el tono de quien se refiere a un amigo. Un día quedaban para comer en una churrasquería de la carretera de Néboa. Otro viajaban juntos a Coruña. Y aunque con ella se había vuelto de pocas palabras, todo aquello a Rosa le parecía bien. Los negocios, la relación con el concejal, la posibilidad de una nueva posición, le abrían la esperanza de que su vida íntima también mejoraría. Estaba esperando otro hijo, cuando el más pequeño aún no se tenía en pie. Se sentía agotada. Le costaba trabajo sonreír delante del espejo.

Una mañana, arreglando el dormitorio, Rosa abrió el cajón del armario donde Cholo guardaba sus papeles. Allí estaban las escrituras de las fincas y, en un rincón, junto con el Libro de Familia y la cartilla de la Seguridad Social, las libretas del banco. Apartó con cariño las dos de tapas rojas de los niños grandes, Anabel y José Luis, abiertas con el dinero de los regalos de primera comunión, como si fuesen un par de láminas de oro. Miró luego en la de Ahorro del matrimonio, la de cubiertas azules, y repasó las cifras, un escote ya, ¡si mamá pudiera verlo! E iba a dejarlo cuando se le ocurrió abrir las gomas de la carpeta grande que Cholo tenía de los tiempos de Suiza. Había cosas, nóminas y así, que no entendía, pero también por el medio algunas de sus cartas enviadas desde Arán. Una de ellas con sus labios impresos en carmín y una despedida: Toda tuya. La guardó con un suspiro en medio del montón de papeles, y fue en ese momento cuando descubrió otra libreta de color morado, con la cabecera de un banco que no era el de ellos. Sacó la cartilla de la funda plástica y la abrió por el medio. Aquello era un baile de cifras que le cegaba la vista. Fue a mirar al principio, corriendo con los dedos las hojas. ¿De quién podía ser? Quizás un documento perdido que Cholo encontró en alguna parte.

Simón.

Una cosa extraña, una risotada de temor, galopaba por el pecho.

Simón Paz Oliveira.

No podía creer lo que estaba viendo.

Llevaba la libreta por dentro una hoja grapada que ella leyó con incredulidad. Era una autorización para movimientos bancarios en esa cuenta por parte de Simón, el titular, una cruz de firma, y a favor de José Manuel Carballo y Bernardo Suárez.

A la noche, Cholo encontró la libreta al lado de la cena. No dijo nada. Sin levantarse, la guardó en el bolsillo trasero del pantalón. A Rosa la comían los demonios, y se notaba en el fregar, un frenético estruendo de cacharros en el lavadero.

¡Quieres parar!, grito él sin volverse.

¿Cómo puedes ser tan cabrón?, dijo ella como hablando para sí, brincando las palabras entre el nervioso tintineo de la porcelana. No quería que la viese llorar.

¡Ese dinero es nuestro! ¿Entiendes, burra? ¡Es nuestro! ¿O crees que no te lo pensaba decir?

Agua en remolino.

Te lo pensaba decir, mujer, ¿la guardaría si no en ese sitio? ¿Iba a querer el dinero para mí, o qué?

Agua que arrastra la suciedad.

A él qué más le da, mujer. Él es un inocente. Haría cualquier cosa por nosotros. Mejor que no lo sepa nunca.

Agua escurriendo por el sumidero.

Ya verás, corazón, ya verás. Salimos para siempre de la puta miseria. No es robar. Se hace en todas partes, lo haría cualquiera que pudiese. Algún día te compraré todo lo que te apetezca. ¿Quieres una sortija? Siempre quisiste un anillo con piedras. ¿Lo quieres?

Agua que muere.

Marcharemos de aquí. Viviremos como señores.

21

Yo creo que Dios, dijo el arnal, es una palabra interesante. ¿Quién la inventaría? ¿Un carpintero que se golpeó el dedo con el martillo o un labrador agradecido por las lluvias tras la larga sequía? ¿Fue primero la oración o la blasfemia?

Y el arnal lo dijo pensando que el cura iba a saltar como un resorte, pero éste permaneció pensativo, mirando para ninguna parte como si en efecto buscase una palabra por el aire.

Dios, China, Naranja... ¿Cómo nacen las palabras? ¿Quién fue el que llamó *mar* a la mar? Esa palabra surgió de la sorpresa, estoy seguro. Hay palabras que nacieron del miedo y otras que tienen impresa la simpatía. Pero una palabra como es *mar* nació de la sorpresa, una inmensidad de tres letras. También es así en alemán, *see*, y en inglés, *sea*. Si el mar se llamase, por ejemplo, *maraca*, *marabú* o *marioneta*, ya no sería tan grande. Y es así que el *segundo* es más largo que el *minuto* y éste dura más decirlo que una *hora* y ella tiene una letra más que el *día*. ¿Cuál sería el sentimiento del primer ser humano que llamó *Dios* a Dios? ¿Fue un rey subido a una alta torre o un viejo que conducía un burro? ¿Estaba triste o alegre? ¿Tenía miedo o confianza? ¿Quiso Dios ser llamado *Dios*? ¿Fue él quien silbó su nombre en la oreja del hombre? Una palabra interesante, sí señor. Son incontables las guerras y los muertos en nombre del Dios misericordioso.

Había dicho esto último el arnal por ver si por fin Don Xil se escandalizaba y daba algo de juego. Pero el cura, en lugar de polemizar, asintió, los destellos verdes del gato clavados en la memoria.

Yo firmé algunas de esas sentencias.

No lo creo, dijo el arnal impresionado.

Sí, amigo. Bendecí una guerra entre hermanos, incité contra los perseguidos, aticé el fuego cuanto pude.

¿Qué más da eso ahora?, intervino Matacáns, que había dejado de roer en una página de deportes al notar un especial abatimiento en las palabras del cura. ¡Ya llovió!

Por lo menos, usted se arrepiente, dijo el arnal.

¿Arrepentirse?, dijo Don Xil. ¡Eso está bien para los niños!

La voz del cura sonaba ronca, bronquítica. No se escuchaba otra alma.

Sólo hay una manera de resolverlo, y yo bien sé cuál es. Pagando todo el precio.

No haga caso de lo dicho en un principio, pidió Marcial Requián, turbado por el tono dramático en que había derivado la conversación. Son enredos de poeta fustrado. Entre crimen y crimen, siempre me gustó la poesía. Era mi parte de religión. Hay oraciones que son hermosos poemas y los verdaderos poemas, los que están hechos con tiras de piel, no son otra cosa que plegarias, humanos rezos.

Ahí le doy la razón, dijo Mohamed, el vendedor de alfombras. ¡Muchos poemas he rezado yo por los caminos!

¿Es usted poeta?, preguntó con alegre sorpresa el arnal. ¿Escribe?

Hablo solo mientras ando.

¿Por qué no nos recita algo?

Son cosas del camino. Las olvido.

¡Venga hombre, una pieza!, insistió toda la parroquia.

Bien, allá va:

> Para Urika, para Urika,
> para Urika, corazón,
> para Urika, para Urika,
> que para outro sitio non.

Hermoso, dijo el arnal.

Se me ocurrió ahora.

Urika. ¿Es el nombre de su tierra?

Sí señor. ¡El valle de las siete cataratas!, dijo el bereber cerrando los ojos con saudade.

¿Cataratas?, se extrañó Matacáns. Siempre pensé que allí todo era desierto.

22.

Y dejaron a Simón encargado de colocar los maderos salidos de la sierra, pues lo vieron encariñado con el arte de armar pilastras, que era labor muy importante y trabajosa, de hacer con buen gobierno, pues tienen que ser tan ligeras como firmes, construidas en torre, con las tablas en perfecto cuadrado, colocadas de a par para que circule el aire como en un hórreo y resuden y sequen. De la mañana a la noche se aplicaba a la tarea, sólo con el descanso del yantar, y si no había madera cortada, amontonaba en forma de pajar la toza y la corteza de los pinos o hacía montañas de serrín concebidas en un misterioso orden natural de cordillera, y los otros operarios sólo le hacían bromas para que tomase un respiro, pero en el fondo orgullosos de aquel mudo hacendoso que estaba transformando el paisaje caótico de la fábrica como si en ella entrase una mujer. Cuando se dieron cuenta, las torres formaban en medida simetría un recinto acastillado, en el que no faltaba una cerca para que Albar andara suelto sin el sobresalto de las máquinas y el camión de carga. En las cuatro esquinas se alzaba una torre rematada con trapos de colores a manera de banderas, y en un torreón que colocó sobresaliente en el centro, puso en el minarete una rama de laurel, detalle éste muy agradecido por la soldadesca del aserradero, pues es creencia extendida en el país que protege de la inclemencia y del mal. Y bien que se notaba la benéfica presencia del mudo en todo, incluso en el hablar, que se les hizo a todos más calmo y profundo.

¡Hablar bien no cuesta un carajo! ¡Si no fuera por el jodido tiempo!

A mí lo que me joden son las blasfemias. ¡Me cago en las herramientas de hacer la misa!

Mira nuestro mudo. Siempre feliz. Es como un niño grande.

Hace bien. A todos nosotros nos robaron la infancia.

¡Hombre, no fue para tanto!

A mí, de niño, me dieron mis padres una vara de mimbre el primer día que fui a la escuela. ¿Para qué es?, pregunté. Para el maestro, me dijeron. Para que te zurre.

Cosas de la ignorancia. De la miseria.

¡Que no me hablen a mí de malos tiempos!

La gente es como la hicieron.

La gente es como quiere ser.

Tienes toda la razón.

A ti tampoco te falta.

¿Y qué pasó con el maestro? ¿Te pegó mucho?

Fui aquel primer día y ya no volví. Éramos demasiadas bocas y me mandaron a casa de mis abuelos a alindar las vacas. ¡Tiempos de pan negro! Aún hoy no sé leer. Bueno, sé leer música.

¿Música?

Sí, uno de mis tíos sabía música. Tocó en la orquesta de Néboa, la Caracola. En el tiempo de la guerra, había vuelto a casa de los padres con algo raro en el pensamiento. Comentaban por lo bajo que se le había metido el sistema nervioso dentro de la cabeza.

Era la forma de decir que estaba loco, pero yo nunca le noté nada. Guardaba como un libro sagrado el método de solfeo de Don Hilarión Eslava. Los domingos por la mañana, mientras los demás iban a misa, nos sentábamos en un tronco en la era. Trazaba con un palo en el suelo las cinco líneas, así, esto que llaman un pentagrama, y luego me enseñaba las notas y a medir el tiempo con el compás de la mano.

El operario cogió una astilla y dibujó en la tierra una pequeña partitura. El otro la miró como si fuera una escritura mágica.

¿Sabes leer en esos garabatos?

Es lo único que sé leer, dijo el obrero.

Canturreó y empezó una canción. Movía como batuta su mano ennegrecida por las resinas. Si yo pudiera algún día remontarme a las estrellaaaaas.

23

Me voy, dijo la mañana de San Pedro el lagarto arnal.

El verano entraba radiante por todas las fisuras. Desentumecíase el mundo. Dos por una laten los corazones. Trae la espiral del tiempo un baño de esmalte sobre el mate de la piel. Almas gitanas salían aleteando floridamente del carcaj de las crisálidas.

Si pasa por Betanzos, dijo Don Xil con pena, no deje de ir a la de Santa María. Es iglesia de mérito. Allí, reposando en oso y jabalí, está el sepulcro del único feudal al que llamaron El Bueno. Su grito de guerra era: ¡Haced pan, panaderas!

Iré. Soy hombre de piedras, dijo el arnal.

¡Y no se olvide del Globo de Betanzos!, anotó por su parte Matacáns. Cada año, una multitud dice adiós festivamente a la historia del mundo. Es bonito ver a todo el pueblo como un solo niño.

¿Y eso cuándo es?

El 16 de agosto, a media noche. Y si demora la estancia, no pierda el vino nuevo. Lo sirven en bodegas con laurel a la puerta.

¡Brindaré a su salud!

Lo vieron ir tristes. Antes de encabalgar el sol por el tragaluz, aún se volvió el lagarto para despedirse: Don Xil, Mohamed, recen por mí, cada uno a su manera, ¡no saben cuánto envidio a la gente de fe!

Tenía gracia ese pecador, dijo el furtivo cuando se perdió de vista.

¡Fuéramos con él, Matacáns!

No se atormente, señor cura. Y añadió con una sonrisa pícara: ¡Vienen mejores días!

El furtivo, que nunca perdía el tiempo, llevaba una temporada al acecho de una abubilla y por fin había descubierto dónde anidaba.

¿Y cuántos huevos puede haber?, preguntó el cura a Matacáns.

Pues no lo sé, pero harán una buena tortilla.

Con el furtivo delante y Don Xil esforzándose detrás, subían por el muro más alto de la parte en ruinas del pazo de Arán. Pero no era fácil llegar hasta el nido, ni siquiera para dos almas trepadoras como ellos. El muro era como un frondoso bosque en vertical, cubierto estaba por hiedras, zarzas, madreselvas. Hasta el tojo había enraizado en los repechos. Era más fácil abrirse paso en la vegetación y evitar las espinas, largas y afiladas como docenas de puñales, que trepar por las piedras.

¡Renuncio, Matacáns!

¡Ánimo, Don Xil, que falta poco!

¡Me da vértigo!

¡Chssss!

Ahora, dijo Matacáns, deteniéndose en un remonte que hacía de belvedere, ahora hay que esperar a que salga la hembra. Lo hace casi siempre desde este meridiano. Pero hay que andar con tiento y a la vez muy ligero, usted ya me entiende, pues el macho vigila entre las ramas y ella vuelve pronto.

Y vio Don Xil al poco cómo de la espesura de la esquina ruinosa del pazo se echaba a volar la abubilla con su penacho puntinegro en el yelmo de ave vistosa y fiera. Era el momento. Corrió como pudo Don Xil tras el furtivo, aprovechándose en lo posible del sendero que éste abría por lo bravo. Hasta que vio cómo se detenía por fin delante del nido, toscamente armado, embreado con excrementos, y, sin más, se chimpaba dentro.

¡Matacáns, Matacáns!, gritó Don Xil entre dientes y desde fuera, reprimiendo difícilmente las arcadas. ¡Esto hiede que apesta!

Haga como yo, bisbiseó desde dentro el furtivo, tape la nariz y coma. ¡Hay un par de ellos por barba!

Don Xil hizo de tripas corazón, nunca tan bien había hecho, y se arrojó finalmente en la cestería estercolada. Matacáns se había zampado ya uno de los huevos y metía el hocico en el segundo. Eran de color blanco ceniciento, bonitos y brillantes.

Están en su punto, dijo el furtivo relamiéndose. Todavía no empollaron. ¡Venga, señor cura, no se ande con remilgos, que como llegue la madre nos capa!

Almorzados como en los viejos tiempos pero envueltos en un olor nauseabundo, los dos compañeros buscaron en la pradera una mancha de hierba buena para sestear perfumados.

¡Puerca!, exclamó Matacáns. ¿Por qué hará esto? ¿Por qué llenará de mierda la cuna de los hijos?

Por nosotros, por los ratones, dijo el cura.

Lleva razón, comprendió Matacáns. No hay animal que se empuerque así por un par de huevos.

Nosotros, sí. En eso somos humanos, filosofó Don Xil.

24.

Apoyados en la barra los hombres leían amo-
rriñados el futuro, una rosa marchita, en el poso de
tinto de la taza. A aquella hora había un silencio total
en la taberna de Arán, A'Santa Sede*. En la televisión
matinal cantaba ópera un tenor y su poderosa aria parecía tener intimidada a la parroquia del bar, habi-
tualmente animada. De repente, Bento Lobeira, que
trabajaba en la forestal y andaba esos días con un brazo
en cabestrillo, se dio la vuelta y miró desafiante al de
la pantalla.

¡Calla la boca, animal!, gritó al Pavarotti.

Y fue aquello como una señal de liberación.
Mato, el patrón del bar, recorrió el ara llenando de
nuevo los cálices.

¡Viva el vino del Ribero y que le den por el
culo al taberneiro!

Amén, dijo Mato.

Y Spiderman, que trabajaba en la construcción en Nueva York, explicó que él nunca había te-
nido un accidente de trabajo hasta que aquella maldita sierra le rebanó el dedo.

¿A qué altura trabajabas tú?, preguntó Bento.

Por lo menos, por lo menos... a trescientos
metros.

---

* En gallego, *sede* tiene el doble significado de sed o sede *(N. del A.)*

¿Tres qué? ¡No jodas!

¡Que sí, hombre! El Empire State tiene 381 metros. Cerca de esa altura andábamos nosotros. ¿O crees que aquello es una coña? Miras hacia abajo y es como ver un hormiguero, puntitos como miles de boinas alrededor de los coches. Somos mucha gente en el mundo. ¡Coño si subí! ¡Más de trescientos metros! Allí, a aquella altura, sólo estábamos los indios y los gallegos. Tenía de compañeros a unos de Carnota y tomábamos bocadillos de chorizo, allí, sobre Nueva York.

¿Chorizo?

Sí, chorizo. Lo pasaban de contrabando. A uno de Xuros le encontraron un jamón y veinte chorizos en la maleta. Como no se los dejaban pasar, cogió y se puso a comer todo allí mismo, en la aduana.

¿Un jamón y veinte chorizos?

¡Un jamón y veinte chorizos! Le dijo al policía: ¡Por el carajo los vas a papar tú! A mí me lo contaba así: Casi muero pero comer los comí.

¿Es cierto lo que dijiste?, preguntó Bento. Se le veía hondamente intrigado por alguna cosa.

¿Lo qué?

Lo de que allí en lo alto sólo hay indios y gallegos.

Gallegos de la Costa da Morte e indios navajos, de un sitio que llamaban Gallup. Sí señor, ¿por qué lo preguntas?

No, por nada, respondió Bento muy pensativo.

Oye, Spiderman, dijo Mato desde el interior de la barra. Cuéntales lo de aquel de Carnota que...

¡Ah, sí! Bueno, también está el del afilador de Nogueira de Ramuín que llegó a Nueva York y allá, por la Quinta Avenida, se encuentra a un paisano que le pregunta extrañado: Pero, tú, ¿cómo llegaste hasta aquí con tantos papeles como hacen falta para entrar? ¿Que cómo llegué?, respondió él, pues muy sencillo: ¡Andando detrás de la rueda! je, je. Pero lo que dice Mato me pasó a mí, quiero decir que fue un sucedido de uno que yo conocí, que era de Carnota, y resulta que este hombre lo que hizo con los primeros ahorros fue comprar una dentadura, porque la verdad es que la tenía perdida, los dientes podridos, en fin, una calamidad; y toda su ilusión era, pues, tener una dentadura nueva. Y se compró una postiza, impecable. El hombre andaba feliz. ¡Mira, de artista!, decía abriendo la boca y señalando los dientes de estreno. Pero una vez, en un bar de Brooklyn, un tipo comenzó a meterse con nosotros. Estaba medio trompa, notó un acento raro y le dio por ahí. El tipo la tomó sobre todo con Carrizo, con el de la dentadura nueva, que era grande como un buey. Lleno de paciencia, él aguantaba y aguantaba. Y entonces fue uno de nosotros y le dijo: Carrizo, ése acaba de decir que te va a romper los dientes. Fue el Carrizo, miró al mono aquel de arriba abajo, se quitó la dentadura muy despacio, con solemnidad, y la dejó con mimo sobre un posavasos. El otro estaba alucinado.

¿Qué cadajo quiedez?, le dijo entonces el Carrizo.

Y con la misma, le largó una hostia que lo zapateó en el suelo.

¿Qué cadajo quiedez?, repitió ahora Spiderman. Les lloraban los ojos a todos con las carcajadas.

En la televisión se vieron de repente las imágenes de una perra que amamantaba una camada y los parroquianos desaparecieron de nuevo en la pantalla.

Y el duende del otoño rodaba por las veredas, a volteretas por los senderos, corría voceando por las congostras, braceaba en los pomares, batía en las portezuelas, silbaba por los ventanos, y agitaba los pendones del tendal desplegados en los campos en sinople de Arán, cuando Rosa notó que aquel esfuerzo último, el de colgar la ropa en la cuerda y a contra viento, había sido una lucha temeraria, excesiva. Una humedad tibia le escurría por los muslos.

Vi que posaba la tina, dijo Toimil al rey de Galicia, y que luego echaba las manos al vientre con el rostro dolorido. El vendaval, que venía del sudeste, revolaba en el mandil y en las faldas, y a cada ráfaga, flameaban los cabellos como los de una amazona herida.

Rosa miró angustiada alrededor y no vio otro ser vivo que aquel demonio de cuervo espiando eternamente en la campana de la chimenea. Se sentía tan sola que agradeció esta vez la fea presencia. Un garfio tiraba de ella por el vientre desde el centro de la tierra, se endurecían las hierbas como redes a su paso, mientras las manzanas del viento empujaban brutalmente por tumbarla. Y se derrumbaría de buena gana, la cara en el frescor del suelo, de no ser por aquel pájaro de mala fortuna que le recordaba la inmediatez de la propia casa, el lecho con la colcha de aves del paraíso bordadas en falso dorado, la foto de la boda y las de la primera comunión de los niños sobre la mesita, y aquella otra, la de la madre, colgada en la pared, retrato a la vieja manera con un halo de claridad sobre el fondo oscuro, sosteniendo la mirada al diablo que acecha en la cámara, el pelo recogido en un moño, los pómulos salientes, una sonrisa dolorida en los dientes apretados, las manos buscando un firme, mamaiña, madre del cielo, empuja, empuja, la lámpara tan alta, tan baja, amenazadora, los hijos sólo son de las madres, si reventase la luz, con los dientes apretados, a gritos.

Es cierto que los hijos son de las madres, dijo Toimil pensativo.

¿Fue duro?

Fue, señor. A punto estuve de volar a las cumbres, sobrecogido como estaba. Son las chimeneas, bien lo sabe, como un embudo que aspira el sonido del mundo, pero también pueden ser una bocina de dolor.

Lo de parir en casa, continuó Toimil, fue porque ella no quiso moverse de la cama. Llegó al dormitorio despacito, arrastrando, y les dijo a los hijos que fuesen en busca de ayuda y ellos volvieron con Spiderman y dos o tres más que estaban en la taberna. Quisieron meterla en el coche y llevarla a Coruña pero ella dijo que ya estaba llegando la criatura, que no había tiempo y que prefería morir a que la moviesen del lecho. Y entonces Spiderman cogió el coche y fue como un rayo a Néboa, a por el médico.

Cuando llegó el padre, a la noche, ya la niña tenía nombre.

26

Y un día fue Rosa a ver a Misia, extrañada de que no la visitara después del parto, y encontró a otra mujer. Arrugada, alicaída, vestida de luto. Parecía que la vejez había entrado de repente como el viento por el ojo de la cerradura de Arán o por el faldón de la puerta, arrastrando hojas secas. Lo que más miedo le dio fue precisamente el miedo encovado en la mirada de la señora. Un mendigo peregrinaba tullido tras la saudade verde. El hablar parco, amable pero distante, como si la llegada de Rosa interrumpiera una conversación con otros huéspedes. Trató ella de disimular el desagrado de la primera impresión, no fuese la señora a sentirse herida, pues bien sabía ella el daño que pueden hacer los ojos de los otros, tanto como las palabras. Y por lo mismo, nada dijo en principio que mostrase sorpresa por el estado de la casa, definitivamente abandonada a su derrumbe, ni mucho menos por su aspecto, ciertamente sobrecogedor ahora que la tenía cerca, enflaquecida, canosa, y, por qué no pensarlo, sin lavar hacía tiempo. Y sólo después de mostrarle la cría, aquella gatita encogida en el peluche de la manta, el comentar el parto, su firme determinación a que nunca más, sólo después de todo eso, preguntó: ¿Qué tal está, Misia?

Antes de que se me vaya el santo al cielo, dijo ella por respuesta, tengo, Rosa, algo para ti.

Y al incorporarse y verla subir con lentitud la

escalinata, zapatillas agujereadas, calcetines y medias de lana, mandil de cuadros sobre la falda negra, le pareció de verdad una vieja del país, una de esas abuelas que desenvaina guisantes en el atrio del tiempo. Se le notó, al volver, que se había peinado y puesto un poco de color en las mejillas y que también en el sobrado había hecho acopio de energía y sonrisa.

Para ti. No digas ni que sí ni que no porque ya está decidido.

Era una pequeña arca de alpaca.

¡Pero, señora!

Para ti.

Y sin hacer más caso, apartó con delicadeza la manta para descubrir a la niña y rozar con sus yemas los deditos de mimbre.

Déjamela tener un momento. Le habrás puesto un nombre de película, ¿o no?

Bueno. A ésta le puse el mío.

Sad rose, proud rose, red rose... Ojalá haya siempre una Rosa en Arán.

¡Pero, Misia!, exclamó Rosa al descubrir el interior de la arqueta. ¡Son sus joyas! Aparte de ahí, señora. ¡No puedo llevarme esto!

Si no te las llevas, dijo Misia con voz muy seria, las tiraré al mar.

Pero...

No te miento. Si tú no las quieres, las echaré por un acantilado y ya está. No quiero que arrample con ellas cualquier idiota de la familia. No quiero que luzcan en rostros que no conozco. Son para ti. Te pertenecen.

Se puso a mecer a la niña, eeea, eea, ea, a, girando muy despacio por la sala con expresión feliz. Rosa vio al mendigo de los ojos de Misia alejarse por un momento y curarse las llagas sentado en la escalinata de mármol, con las muletas apoyadas en los pasos. Y vio también dos ratones que correteaban hacia la cocina, ceñidos a la avenida de los zócalos. Todo aquello la tenía desconcertada. La arqueta de las alhajas en las manos. Misia vestida de abuela aldeana con la niñita en brazos, las hojas secas del otoño rodando en las alfombras, los ratones dejándose ver a la luz del día. Fuera, la canción del viento, aquel aullido persistente, salvaje y triste que bajaba de las gargantas de las Peñas Cantoras.

Señora, dijo de repente, intentando aparentar calma, ¿por qué no se va a Coruña? Viene el tiempo del frío. ¡Qué bien estaría ahora en su piso de Coruña!

¿Coruña? ¡Ay, Coruña!

Volvió a mecer a la niña, con la sonrisa dolorida. Iba a decir: Todo lo que yo amé ya murió. Pero no, ¿cuándo se quejó Misia? Y dio la vuelta y rió de nuevo.

¿Sabes lo que me pasó la última vez que estuve allí, en el piso de la Marina? Vinieron a verme unas amigas, pobrecitas, todas aún más chochas que yo. Las invité a un té con dulces. Y resulta que cuando ya llevábamos un rato de cháchara, fui y me levanté apresurada y les dije que se me había hecho muy tarde y que tenía que irme para casa. Sin darles tiempo a responder, les di un beso y marché a todo correr diciendo que ya no molestaba más. ¡En mi propia casa!

Rosa escuchaba divertida. ¿Y qué pasó?

Me di cuenta en las escaleras, nada más tocar la madera del pasamanos. Me dije: Pero, ¿adónde vas, loca? ¡Loca, que eres una loca! Y volví. Todas pensaron que era una broma excéntrica de la Misia. Pero no. La verdad es que no me acostumbro en la ciudad.

Cosas mías, nena. Quiero estar sola, cuidar las ovejas, sentir los pies hundirse en el lodo de los caminos, escuchar la lluvia y el viento, notar cómo la cama se va calentando poco a poco con tu cuerpo viejo. ¡Manías de señorita!

¡Tendré que limpiar!

¡No se te ocurra!

Si necesita algún recado, le mandaré a los niños.

No, a los niños no, dijo ella con una sonrisa triste que ya era la del mendigo que andaba por los ojos.

Y cuando Rosa se alejaba, temerosa de volver la vista atrás, conjurando un presagio que le rondaba, escuchó que Misia llamaba por ella con voz de recordar algo importante.

¡Eh, nena! ¡Nena!

¡Diga, señora!

¡Estás muy guapa! ¿Sabes? ¡Estás muy guapa!

Aquella noche, después de mucho tiempo, pues sólo al despertar lo peinaba apresurada, atado en cola, aquella noche Rosa se cardó el pelo con el cariño que reservaba siempre para el de la hija, cepilló con calma los cabellos, ajena a todo, a la pelea de los niños, al reclamo de la televisión, a la llegada del hombre, hasta que caían por los hombros en larguísimas ondas de brillo. Despacio, se probó los pendientes de Misia, y reparó en unos plateados y en arracada, de colgantes, a la vieja manera. Luego, fascinada, colocó en el pecho el broche de corazón. Se miró en el espejo. Estás muy guapa. Claro que sí. Hermosa. Meiga.

Al guardarlos, revolvió demorándose en el resto de las joyas. Probó algunas más. ¡Un collar, un collar de perlas! En el fondo de la arqueta había algo envuelto en un paño. De peso. Metal. Lo desenvol-

vió y vio con espanto lo que tenía ahora en la mano,
un enorme y pegajoso insecto sin alas.

Browning, 22, ponía en el bicho.

Una pistola de señorita.

27

Y un día Don Xil, que andaba cabizbajo y como embrujado, se fue sin decir nada a nadie y enfiló por el largo pasillo con paso decidido, sin mucho cuidado de ser visto. Matacáns, siempre avizor, lo siguió escondido, sospechando de alguna secreta despensa, pero algo extrañado de aquel proceder imprudente. Más aún cuando el cura se dirigió a la puerta que daba a la huerta y, sin mayor inspección, se echó fuera por el desentablado. Este desagradecido, pensó Matacáns, sabrá de otro nido y calla como un ratón. Pero, yendo detrás y a media distancia, observó que ahora el dómine no llevaba el camino derecho, o no iba a ninguna parte o era mucho lo que quería despistar. En realidad, y por el proceder, Don Xil parecía ido, ajeno a todo, como sin reflejos, arrastrando torpemente el gordo culón por los pasos de hierba. Aquel territorio abierto no era para nada del gusto del furtivo. Decidió encaramarse a un muro de piedra y acomodarse en el musgo de un saliente que le servía de mirador. Lo que desde allí vio le dejó horrorizado. Camuflado entre el helecho seco, el anarquista de Lousame permanecía al acecho, aguzadas las orejas, felinamente apostado en la justa dirección que llevaba el paseante, los ojos brincando antes del ataque. Iba Don Xil recto al matadero y, nada que hacer que no fuese salvarse de la carnicería, se dispuso Matacáns a ser testigo impotente de las implacables leyes de la naturaleza. Y fueron sus ojos una cámara lenta para ver cómo el de Lousame saltaba en arco limpiamente y atrapaba al sentenciado entre las garras. Aunque acostumbrado a las escenas de caza, se sobrecogió esta vez ante la inminencia del despiece, triste réquiem para un ministro, pues al cabo le había tomado cariño a aquel gobernador de vidas y de almas que luchaba en el fondo contra sí mismo. E imaginaba al gaitero libertario arrancándole de entrada el corazón, demorándose en masticar la víscera de los sentimientos, pues son las venganzas los más crueles escenarios que el pensamiento puede dibujar. O puede que no. Estaba inmóvil, manteniendo la presa pero sin mirarla. Tal vez estuviera maquinando algo más terrible que también se había ensayado con los paseados de la guerra en las cunetas de Néboa: meterle en la boca los testículos arrancados en vivo, despierta todavía la inteligencia de la víctima.

Pero lo que hizo el gato fue lanzarlo al aire y dejarlo caer en el acolchado de las hierbas. Luego marchó maullando por la parte del palomar con el rabo a media asta. Algo tardó Don Xil en removerse vivo.

28

Iba a celebrarse una boda. Y fue Rosa a Coruña para comprar un vestido y zapatos nuevos. Hacía mucho tiempo que no viajaba sola, casi un día entero para ella. Quedaron los niños al cuidado de una vecina que se daba mucha maña, la Perellona. Seria y rezadora. Debía de ser la única que no blasfemaba en aquella parroquia de bravos. ¡Por la primera gota de leche que mamó Cristo del pecho de su madre! Eso fue lo más fuerte que le oyó. Ahora, nada más subir al autobús, notó Rosa la extrañeza de no llevar nada en las manos, un vacío que la dejaba libre y desconcertada. Desde niña, tuvo siempre ocupadas las manos: cestos, legumbres, agujas de calceta, la plancha de alisar la ropa, el jabón de lavar, la escoba, las ollas de la cocina, siempre algo, y luego, los críos, en brazos uno detrás del otro. Cuando salía, el capazo, el carrito, las bolsas, la preocupación de la cartera con las llaves y el dinero contado. Había leído en una revista que el rey Juan Carlos y la reina Sofía no llevaban monedas ni llaves. Alguien iba detrás con la calderilla. Qué suerte ahorrarse ese peso. El mundo debe estar dividido entre los que llevan y no llevan suelto. Ahí se nota el que está abajo: en que siempre lleva algo. Los ricos no llevan nada. Alisó el pelo con las manos. Un suspiro. Los ojos, sí, disfrutan libres. Desde la ventana, todo el mundo lleva una cruz encima. Los brazos, cruzados. No, mejor así, caídos entre los muslos. Ojalá que nadie se siente a mi lado.

¿Por qué será que la aldea es más oscura? Siempre luz aquí, en la ciudad. Mejor ir hacia el centro. Entre grandes edificios, una casita de galerías deshabitada, convertida en palomar. El macho pichonea en los aleros, corretea bamboleando, picotea furiosamente la nuca de la hembra. La monta, la estruja. Ella permanece abrumada, vencida. Bruto. En los jardines del Cantón, el jardinero escribe con mirtos un calendario en la tierra. 24, julio, 1981. El estanque de los peces dorados. El monumento del águila y las cadenas. Allí pone Concepción Arenal. Ayudaba a los presos. ¿Cuál era la otra? Rosalía. Claro, Rosalía de Castro. ¿Y aquélla, la gorda? Cruzar aquí, donde el Banco Pastor. La gordita era Pardo Bazán. La maestra, doña Carmen, decía también: Juana de Vega, casada con Espoz y Mina, héroe de la Independencia, le bordaba las banderas, guardó su corazón en frasco de formol. El reloj del Obelisco: ya casi son las once. Seguro que era el corazón. Se le pondría blanco. Este sol con olor salado. La brisa que viene del Orzán por la rúa Nova. Todas las puertas abiertas. Muchas mujeres buenas en Galicia. Segadoras, cigarreras y escritoras. Rosalía enojada. Un mono. Los dientes apretados. Mal moreno el de la siega. Cuando van, van como rosas; cuando vuelven, como esclavos. Ésa no debe llevar nada debajo. Esbelta. Lo luce. Algún día ir a la playa. Tener cuidado: piel blanca, pecas. Ella va muy maquillada. Hay que tener tiempo. Mojar los pies en el mar si es que tienes tiempo. Bueno para las varices. Las cosquillas de la arena entre los dedos, el lamido de las olas en la orilla. Qué delicia. Calle Real.

El escaparate de Pascual. Mirarse de reojo, reflejada entre las piernas sueltas de maniquí vestidas con medias de colores. Con otro rótulo, sin esos precios, sería patético. Un escaparate de lisiados. Así, qué bonito.

Ese vestido azul de raso. Demasiado fresco, muy escota-
do. Debería probarlo. Muy caro. No tan caro. Por una
vez. Mirar más. ¿Y si lo lleva otra? Lo probó. Y luego lo
volvió a colgar en la percha. No se puede comprar así,
de capricho. A ésa parece que también le gusta. Mira y
remira. Que no vea que tú espías. Cosa extraña. Se parece tanto. Cualquiera diría. Otra Rosa. Como gemelas.

Y luego fue por Torreiro, a Barros, y, enfrente,
Zara. Mucha gente. Buenos precios. Llevar algo. Esa
blusa para el verano. Aunque... El verano pasa pronto.
Revolver sola, qué bien. Con los niños no se puede.
Los zapatos, después. ¿O no? Fuente de Santa Catali-
na. Bueno, ahí mismo, en Madariaga. De tacón alto.
Siempre quise, pero... Esos de charol y hebilla dorada.
Andar despacio, que el pie encuentre su sitio. Irían
bien con el vestido azul. No le digo si rebaja. Se lo
digo. Mamá siempre lo decía. Me daba corte. Llevo
éstos. Carísimos. Que no piensen que... De buena
gana iría a Bonilla. Chocolate. Demasiado calor. Gor-
dura. Las patatas también engordan. Y la miga de pan.
Los pies encarnados, enfundados en charol.

En la puerta de los Jesuitas, alguien que pide.
No llevo suelto, no sé si llevo. Los reyes no llevan.
Pobre desganado. También para pedir hay que poner
un poco de sentido, de ilusión. Seguir adelante, pero
ahora que paraste algo hay que dar. Siquiera dijese
Salud, Dios se lo pague. Nada. Eres tonta. Nadie da.
Hiciste bien en dar. Cualquiera sabe lo que mañana...
Ahí está El Pote. Podríamos regalarles un juego de...
Los que casan ahora prefieren dinero. Directamente
en una cuenta. Modas. No me parece a mí que...

Cortefiel, en Juan Flórez. Ése no está nada mal.
Aunque... No se pierde nada con probar. A las de-
pendientas no les gusta que pruebes. Como si ellas

no... Debería haber cogido el azul. Los precios, ya ves. Esa torre, la de los Alféreces, qué miedo meterse en el ascensor. Dicen que se mueve cuando va temporal. No creo. Tantos adelantos. Todo el mundo quiere vivir en Coruña. Va a casar con una de Laracha, el hermano de Cholo. También ellos, piso en la ciudad, pero más hacia afuera, en los Mallos. Ella trabaja de cajera en el híper de Continente. Tiene Seguro y todo. Un uniforme parecido al de las azafatas. Ya me gustaría. En Coruña, sin animales, sin...

De pequeña quería ser peluquera. Volver por el azul. En el Obelisco, ya casi la una y media. Van a cerrar. Le diré lo de la rebaja. Mierda, cerraron. Mi vestido azul, en el escaparate. Menos mal. Aquélla, mucho mirar, pero... Volver por la tarde.

En la playa del Orzán, surfistas. En el invierno, una pareja en playa Lago, en la ría de Camariñas, con traje de goma. Salían del agua y se abrazaban. Las tetas de ella allí metidas, bien ceñidas, y él, el paquete bien apretado. Sentían, ¿qué sentían? Debe tener su gracia, achucharse en traje de goma. Ir de pie sobre la cresta de la ola, enredarse en la espuma, agitarse contra la arena. El beso. Televisión. Rubios. Corriendo luego con un perro detrás. Nacido para jugar. Limpio. Nuestro Trotsky, ni ver el agua. Gime, tiembla, esconde feamente el rabo entre las piernas. Pulgas. Zeta-Zeta. Cruz Verde. Serían de Coruña, aquellos surfistas. Y los de las motos con el tubo de escape que parecía de plata, y los excursionistas con la guitarra alrededor de la hoguera. Los de la ciudad, ésos sí que disfrutan de la aldea.

No es posible. No está mi vestido azul. Vendría la otra. Qué cabrita. Hay uno igual. Gracias. Ya no sé si me gusta. Pero...

29

Y convocó Don Xil a los compañeros y les dijo: Amigos todos, tengo con ustedes una deuda de gratitud a la que quisiera corresponder como es debido aunque en las circunstancias y condición en que me encuentro no puede ser más que un humilde detalle, que ruego valoren no por su precio, probablemente ínfimo en mercado, sino por lo que para mí representa. Luego miró a Matacáns con sentida camaradería: Especialmente con usted, señor paisano, que se brindó en las duras, ignoró mis humos y alivió el peso de mi zurrón de pecador; permítame, señor Dios, la osadía de bendecirlo, y con él a todas las ánimas de la casa. Y quedaron todos a la espera hasta comprobar que no había desautorización. Después que Don Xil deshiciese emocionado el nudo que tenía en la garganta, les pidió que lo siguieran hasta la biblioteca.

Ahí tienen a su disposición, dijo señalando en un anaquel los últimos libros del antiguo tesoro ilustrado del pazo de Arán. Que aproveche.

Buen adobo tiene este papel, señor cura, dijo el furtivo, que ya tenía ganas de meterle el diente a *De la caza al modo liberal*.

Es el sabor del tiempo, Matacáns. No se paga en dinero.

El cura, viejo cazador, incapaz ahora de roer, miraba nostálgico cómo el furtivo trincaba con ansioso deleite por el pernil del capítulo XXIX, «De las liebres y cómo se buscan», y podía ir leyendo a medida que las letras se iban desprendiendo en arandelitas, eslabones solitarios de una antigua cadena: En los inviernos con escarchas las buscarás en los rastrojos, y en lo más limpio se echan al sol.

Y Mohamed, viéndolo melancólico, se acercó a él y le dijo: Hay cosas ahí, en el *Alivio de párrocos*, que me suenan conocidas.

Será que el mundo es pequeño, dijo Don Xil.

Una cajita de música.

Yo, amigo bereber, sólo escucho las trompetas del Juicio Final.

En Urika dejé un hermano que giraba y giraba en el centro del universo al son de las flautas. Decía que así llegaría al paraíso.

¿Y habrá animales en el paraíso?, terció Matacáns, influido por la materia que traía entre dientes. Quiero decir, ¿habrá liebres?

Conocí a uno que hizo ese viaje, dijo el viejo Paradela, que también se había apuntado al convite. Uno de la parte de Ordes. No se presentó en casa por la noche y, al amanecer, lo encontraron helado a la orilla del río. No respiraba ni nada. Despertó en el velatorio, cuando ya lo iban a enterrar. Contó que había estado en el Cielo y lo contó de tal forma que no podía ser otra cosa que verdad.

¿Y había caza?

Tenía que haber. Lo que mejor recuerdo era cómo describía el Banquete Celestial. No bromeaba. Hablaba de cosas que en la vida había visto y menos comido.

¿Cuándo fue eso?

Allá por 1948.

Eran tiempos de hambre.

Eran, sí.

Y ese que tú dices, preguntó intrigado Matacáns al cabo de un tiempo de silencio, ¿llegó a comer en el Banquete Celestial o lo vio así, como quien dice, en pintura?

Comió, comió. Además, ¿de dónde iba a sacar él, pobre ignorante como yo, esas recetas de entrecot de cebón a la bordelesa, helado de castañas con chocolate caliente, merluza rellena con angulas, ostras con pétalos de camelia o eso que llamó rollitos de primavera?

Habría algo más que comida, dijo Don Xil, un poco incrédulo respecto de las historias del barbero Paradela y de sus amistades.

Hasta el agua era mejor que el vino. Nos lo juró por éstas, dijo el relator besando los dedos en cruz, y no era el Baldario de los de jurar en vano estando el vino por medio. Otra cosa que le llamó la atención fue que había coros de ángeles y de bienaventurados que salmeaban día y noche. Era una música que, por decirlo así, los tenía suspendidos en el aire, despiertos y soñando a un tiempo.

Quizá ésa era la música que escuchaba mi hermano, dijo Mohamed recordando al pariente derviche.

¿Por qué volvió?, ¿por qué volvió el Baldario?, preguntó Borborás mirando fijamente a Paradela.

Recordaba haber visto un punto de luz al final de un túnel del que salió una voz que mandaba: «Devolvedlo a Galicia, aún no está maduro». Y todavía la misma voz que decía: «Pero dadle algo de tiempo, que vuelva bien harto».

Y sentenció el barbero: En esos detalles es donde se conoce que Dios sabe estar en su sitio.

30

Y cuando Cholo vio aparecer a Rosa por la escalera del sobrado iba a decir Qué guapa vas, la verdad es que pensó Pues sí que está cachonda, pero dijo Llevo una hora esperando, ya iba a marchar sin ti. Ella, como si no hubiera oído, fue a besar a los niños, que quedaban con la vecina. Después se sentó en el coche, sin hablar, y para tener adrede donde mirar, bajó el espejo de su parte y peinó suavemente el cabello con los dedos.

En la boda, en la iglesia, se sintió bien, como si por fin encontrase un sitio en el juego de las miradas. Había previsto el martirio de los pies, en demasía gruesos para los finos zapatos de punta y tacón, y los dejó toda la noche taponados con papel mojado para que agrandasen. Ahora se mantenía erguida, moviendo con señorío de vez en cuando la cabeza, prendido el peinado con alhaja, enjoyada con esplendor de pendientes y collar. Fulguraba en la cuenca de los senos el broche de corazón. No había otra igual y se sabía mirada. Pero ella, la atención puesta en la pantalla del altar, luminosa, florida, varas de narciso en la mesa del sagrario, rosas, gladiolos, y muchos claveles blancos, rojos y jaspeados, también en orla en la sábana del comulgatorio, donde se arrodillaban novios y padrinos. Adornada con gusto. Seguro que una mujer, toda la tarde de la víspera: barrer el suelo, limpiar el polvo de las imágenes, los cirios, las flores. El cura, pálido, flaco, cuatro ojos desganados, casi no había bebido del cáliz, pero la voz no, debe ser por el micrófono que una palabra empuja a la otra, y lo transforma el sermón, más alto parece, las manos marchitas ahora enérgicas al señalar. Lleva razón en lo que dice. Ella no sabe dónde se mete. Hoy, toda la noche dale que dale. Ya veremos mañana. Pero está guapa. Tiene carácter. Se fue a peinar a Loyra. Me dijo: Si no voy de viaje de novios, no hay boda. Un buen punto de vista. Aunque sea a Portugal. Hace bien. Igual ella, ¿quién sabe?

Y en el mesón de Pastoriza, donde fue el convite, a Rosa le tocó sentarse en la mesa de la tarta que presidía el banquete, al lado de la madre de Nati, la novia. Labradores. Más nerviosa que la hija. Azorada con tanto bullicio. Las manos cruzadas en el vientre. Quizá echaba cuentas. Por lo menos, doscientos invitados. Aplausos al llegar los novios. Música. Vídeo.

Está muy guapa Nati, dijo Rosa.

Ella, la madre, asintió un poco forzada. Un diente de oro.

Mucha gente.

Mucha.

Hace calor.

¿Quiere que le cuelgue la chaqueta?

La madre la miró ahora con simpatía, como si por vez primera se fijara en quien le hablaba al lado.

Lo que me está matando son los zapatos, dijo por fin con una sonrisa franca.

¡Quíteselos!, la animó Rosa.

No sé si quitármelos.

¡Sí, mujer!, ¿quién le va a mirar por debajo de la mesa? Creo que yo también me voy a descalzar.

Cuando los compré, ya notaba que... Pero la hija que no, que te quedan muy bien, que te quedan muy bien.

¿Y dónde los compró?

En Coruña, por calle Real; por el precio ya...

Es lo que tienen las bodas, que se mete uno en gastos.

¡Calla, mujer!

Claro que es una vez en la vida.

Sí. Una vez.

Mientras comían, pasó el hombre de la cámara de vídeo. La señora intentó sonreír con el diente de oro. No sabía muy bien qué hacer con el langostino.

Ahora, le sacan foto a todo. ¡No sé yo, así con la boca llena!

Tiene gracia después, cuando pasen los años.

Sí, cuando pasen los años.

A lo largo de la mesa, las mujeres acabaron hablando entre ellas, otro tanto pasaba con los hombre, y las conversaciones se cruzaban y brincaban por encima de las cabezas y a caballo de vaharadas y anillos de humo. A buscaba a A (1), A (2), o A (n), y B lo mismo. Sólo cuando las A se dirigían a los B o viceversa, era con segunda intención, en torneo, del tipo Esta yegua ya tiene jinete o Haría yo una buena molienda. Y, en el juego, A tenía melones y B, nabo. Y B, pájaro que busca la flor de A, también almeja. Y A bebía y B mucho más.

Cuando cortaron la tarta, las A y los B gritaron juntos: ¡Que se besen, que se besen! Y uno muy colorado se puso de pie y casi se ahoga: ¡Vivan los novios! Y otro: ¡Vivan los padrinos! Y uno con un puro, cuando ya todo estaba en calma: ¡Viva yo! Se besó la pareja de los recién casados a la manera de las películas y la madre de Nati hizo que tapaba los ojos con la mano. En lo alto de la tarta había unos novios en figuritas de plástico, rígidos muñecos que volaron por el aire, tirados al azar para que peleasen por ellos los solteros, también las chicas por las ramitas de azahar del ramo de la novia. Fueron después los amigos del novio y forcejearon con él para cortarle la corbata en pequeños jirones que guardaron como trofeos. Y volvieron los vivas, también el del puro, un desgañitado ¡Viva yo! que nadie jaleaba.

Después vino el baile. Primero valsearon los novios. Luego, los padrinos. Y fueron saliendo las mujeres, animándose en rueda. Rosa las miró divertida. Fumaba. A su lado, por la derecha, Cholo reía y gesticulaba con otros hombres. Reloj de oro en el brazo remangado. Morado dorso de la mano. Lunetas blancas de las mentiras en las uñas.

Voy a bailar, dijo a la señora.

Ve, guapa, ve.

Bailar sola, tanto que le gustaba de joven, sola en la sala de fiestas, entre cuerpos sudorosos, la música que la llevaba a donde ella quería, los pies en la arena del mar, burbujeando, acariciando, cenefa de espuma por los dedos. Y fue y se quitó de nuevo los zapatos de alto tacón, qué importa, y se soltó todo el pelo. ¡Qué sorpresa! No te había visto. Yo a ti sí. Éste es Spiderman, el que me saca a bailar. Lo conozco desde que éramos niños, un pillo que nos levantaba la falda en la escuela, siempre enredando, el mejor ladrón de fruta de todo Arán, aquel día de las hogueras, en el pérsico, corred, corred, que viene el viejo de Merantes con el bastón. Verde aún, la fruta, qué rica la robada. Una moto, de joven tenía una moto que petardeaba por la carretera. Arreglando la moto en la puerta de la

sala de fiestas A Revolta, las manos en las hilas gra-
sientas, ¿no entras? Luego desapareció: embarcado, de
catering boy, le llamaban al trabajo de hacer de todo.
Más tarde en Nueva York, en la construcción. Alto,
flaco, agarrada a sus huesos. Qué risa, esas patillas, camisa verde y corbata blanca. Zapatos de tres colores,
como los de los negros que bailan.

Estás muy elegante, Antonio, dijo ella medio en broma.

Aquí sólo hay una flor.

¡No me tomes el pelo, anda!

Rosa.

¿Qué?

Dime una mentira.

¿Cuál?

Dime que me esperaste todos estos años.

Te esperé todos estos años.

Dime que morirías si yo no volviese.

Moriría si tú no volvieses.

Dime que me quieres aún como yo te quiero.

Te quiero aún como tú me quieres.

Gracias. Muchas gracias.

¡Qué risa! ¿Dónde lo aprendiste, Antonio?

En una película. ¿A que es bonito? ¿Y mi ahijada?

¿Quién?

La niña, la pequeñita.

Como una rosa.

A propósito...

Spiderman se remangó la camisa hasta el
hombro por el brazo derecho.

Mira, mira qué llevo aquí.

Le mostró un tatuaje en el antebrazo. Ella, en
un principio, apartó la cabeza con grima, pero luego
le cogió el brazo desnudo para mirar con curiosidad.

Una rosa y una bandera.

¿Y esto?

La bandera es de Irlanda. Un irlandés americano. Él hizo el tatuaje. Más loco que yo. Puso lo que le dio la gana. Yo le dije: ¿Es bonita esa bandera? ¡Pues ponla, carajo! ¿Qué más da una que otra? La rosa... ¿A que está bien hecha la rosa? Me dijo que era una rosa de Tralee. Así le llaman a las mujeres guapas. Una rosa de Tralee.

¡Estás como una cabra! Toda la vida con eso ahí...

Conocí a un marinero con un tatuaje que ponía: *Madre, nací para hacerte sufrir.* Y otro con uno aquí, ejem, en el bajo vientre: *Sólo para ti.*

¡Como una cabra!

Pero ¿te gusta?

No sé. Sí.

Spiderman hablaba sin descanso. Divertido. No se sabía muy bien lo que inventaba y lo que no. Un hombre con la cabeza llena de pájaros. Se sentía bien, girando en medio de cuentos y de risas, pero fue ella la que dijo que estaba cansada. Se fue a sentar con Cholo. A él le había cambiado la voz con la bebida. Mientras seguía la charla con los amigos, deslizó una mano en la rodilla de Rosa.

Le acarició los muslos con la mano, mientras conducía con la otra. Camino de casa, ella, ajena a los roces, miraba las lentas secuencias del domingo en la carretera. Viejos sentados en bancos de piedra, contando coches que pasan inusualmente lentos y espaciados, el de delante con una tabla de windsurf. Algunas figuras de mujeres con paños negros, agrupadas en un surco que abre la pareja de vacas tirada por un niño. Tierra en las arrugas, en las uñas. Tierra. Árboles adormecidos por el calor del día, somnolientos peregrinos del crepúsculo.

Un camión de frente.

Ten cuidado, dijo ella, apretando las piernas. Y él, por fin, retiró la mano.

31

Matacáns había aprendido a manejar el rabo. Le dio un toque a Don Xil.

Mire ahí, en el suelo.

En aquel punto parpadeaba el firme, surgiendo despacio legañas de tierra fresca. Los ojos ratoniles observaban atentamente el fenómeno. De entre el montón ceniciento, asomó el hocico descarnado venteando en el vacío. El resto de lo visible eran dos ojos ciegos y una piel de brillante azabache. Se orientó el morro hacia los dos fiscales y pareció no gustarle el pinrel, pues reculó veloz.

¡Eh, eh, espere!, gritó Matacáns.

La topa volvió a asomar por la boca de la galería recién abierta.

Voy despistada. ¿Hacia dónde cae la huerta?

¿De qué lado viene?

Del jardín de las camelias.

Pues entonces ha de seguir. Seis brazadas o así.

Ya ven que llevo prisa, se despidió la topa.

Eso, señora, dijo Don Xil con admiración, es lo que se llama abrirse paso en la vida.

¡Rediola, el señor cura!, exclamó la topa sin poder contener la voz.

¿Me conoces? Don Xil quedó expectante, rebuscando en la memoria.

¡La de Vilachas!, gritó Matacáns por su parte, cayendo del burro. ¡Meigas fuera! ¡América, la collona!

¡Calla tú, matalagartos!

Haya paz, dijo Don Xil aún no muy repuesto de la sorpresa.

Yo voy a lo mío, dijo la topa incomodada. ¡Que les den, señores!

Espera, América, dijo el cura en un tono que parecía amigable. Lo que pasó, pasó; llevémonos como gente.

La vieja quiromántica escuchó con atención. ¿No era aquél el cura que azuzó a la chusma para que le quemasen la casa? En boca del poderoso enemigo, aquella música era un increíble regalo.

¡Abur!, dijo ella.

Escucha, escucha, pidió Don Xil. Quizá no me creas esto que te voy a decir. Entiéndelo como un acto de conciencia. Creo que alguien me dio este paréntesis de la naturaleza para hacer justicia. La verdad, América, es que siempre envidié tu don. Yo tenía detrás un poder de siglos, un poder real, con jerarquía, hábito, símbolos, libros, atributos. ¿Y tú qué eras? Una pobre mujer solitaria, sola con tus cartas, una leyenda entre cuatro paredes ahumadas.

Matacáns se mantenía apartado de la conversación, escuchando con recelo. No entendía muy bien lo que estaba pasando. Le parecía excesivo el rendibú del cura. Él mismo había sido cliente de la meiga, pero cada cosa en su sitio.

Y sin embargo, continuó Don Xil, por más que presionaba por apartarte de la gente con anatemas y amenazas, los labradores, el pueblo humilde, los que ya no tenían esperanza, acudían a ti, no siendo muy distintos los remedios, pues también invocabas a los santos y recetabas avemarías junto con las hierbas.

América, sabia en descifrar el revés de las palabras, no encontró esta vez nada que le sonase a condena o censura. Lo del cura de Arán parecía ciertamente una confesión, un arreglo de cuentas con el pasado.

En ti tenían fe, América.

Tampoco es así, Don Xil, dijo ella por fin. No los pinte tan inocentes. Iban a usted y a mí, e iban al veterinario y al médico, si es que los había. Llamaban a todas las puertas. Jugaban todas las cartas.

¡Échame las mías!

No hay baraja, Don Xil. Voy ciega.

¿Qué sabes tú del mundo ahí abajo? ¿Se ve la boca del Infierno?

No creo. Pero va buen tempero.

¿Qué hay en los cimientos de Arán?

Un camposanto. Huesos y más huesos.

¿Y hacia el castro?, indagó curioso Matacáns, salido del silencio. Siempre se habló de que había un antiguo tesoro.

¡Huesos!, exclamó secamente la meiga.

Cuando ya la daban por despedida, volvió a asomar la cabeza de luto.

De metal, alguna bola de cañón... Y también esto.

Con las patas delanteras hizo rodar por la tierra un pequeño disco de metal.

¡Un botón!, gritó Matacáns, que se había precipitado al verlo.

Hay miles. Huesos y botones en las tripas de Arán.

République Française, leyó en círculo Don Xil.

¿Y eso a qué viene?, preguntó Matacáns.

Una batalla. Hace muchos años. Franceses e ingleses. Vinieron a matarse aquí.

¡He ahí el tesoro de Arán!, dijo América. ¡Abur, señores! Me voy a las lombrices.

32

Se llama Beatriz, dijo Toimil al rey de Galicia. Es graciosa, regordita, mejillas sonrosadas como dos dalias. Ojos castaños achispados en verde. Manos de lavandera.

Me gusta ese romance, dijo el rey.

Lo llevó Albar a ella, que yo se lo dije. Andaba a las fresas bravas por el río, de paso que tenía cuenta del ganado. Él iba con la casaca federica, silbando, con el chisme ése puesto en las orejas. Se encontraron donde regolfa el agua y beben día y noche los alisos. Ella paró al pasar.

¿Qué le dijo?

Si le prestaba el aparato. No hay amor sin música. Quedaron los dos sentados en el prado, unidos por el hilo musical, mientras Albar, discretamente, pacía trébol entre violas y pampullos. Ella seguía la letra con los labios, despacio. Ay, qué chivo el corazón.

¿Y eso qué es?

Mexicana. De otro mundo.

¿De amor?

Rompedora.

Esas canciones de desamor son las que más enamoran, dijo el rey de Galicia.

Y así fue como Simón de Arán conoció a Beatriz de Grou, en el país de río Grande. La mañana del domingo siguiente volvió él a pasar por el lugar como si nada, levantando perdices con los ojos, y ella rió tanto al verlo que hizo que se ruborizara y mirase a lo lejos. Beatriz, notándolo azorado, mansa cabeza de buey contra desaire, fue y acarició a Albar por el pescuezo y ensortijó las crines, haciendo bucle con los dedos.

¿A que no me llevas?

No estaba previsto. Un pájaro revolaba salvaje en la jaula del pecho de Simón. Picoteaba con furia en la nuez, garganta arriba. Simón miró asustado a Beatriz. Tan fresca. Desafiante. Tirándole de la bota.

¿A que no te atreves?

Miedo feliz. Alegre temor. Pico puño.

¡Anda, hombre! Sólo hasta allí, hasta el molino viejo. Con vuelta.

Sintió un ahogo. Ahora estaba ahí, sin salir ni bajar, un puñado de carne con plumas en el medio de la garganta.

¿A que no me llevas?

El petirrojo salió por fin volando de la garganta y se posó en las zarzas. Simón lo siguió con los ojos, aliviado. Un petirrojo pica moras. Se volvió hacia la chica. Ojos para morir en ellos.

Voy, dijo ella.

Se abrazó a su cintura por detrás. Hizo un adorno Albar y partió luego con mucho caracoleo.

33

La fría agua del grifo lavó el guante de espuma y descarnó las manos en matices morados. Refregando la acuarela de la sangre, Rosa reparó en el dedo del anillo. Al rozarlo, el aro de oro pinceló su brillo sobre la piel enrojecida. Intentó moverlo con suavidad, pero no pasaba el nudo del dedo, hendido en los pliegues de la carne. Tiró con más fuerza. En el lugar en que llevaba años, desde la boda, había marcado su forma con un blanco de tocino. Rosa quiso hacerlo deslizar por las arrugas pero tuvo que desistir, dolorida. Llevó el anillo a su sitio y lo intentó de un tirón, por ver si así resbalaba, pero fue en vano. Aquello que había comenzado como un movimiento inconsciente se convirtió en un obsesivo forcejeo para vencer la grasa y los plegamientos de la piel. Desplazó el aro en la macilenta rodadura. Amontonados, grasientos años. No parece que esté gorda, la mano. ¿O sí? Palpó la cintura, las nalgas. Pellizcó el papo. No tan gorda. ¿O sí?

Embadurnó el anular con jabón, más espeso alrededor del aro. El sexo de ellos. Es increíble cómo se estira y encoge, cómo se abomba sólo con una caricia, un meneo, arriba y abajo y ya está, disparado, ansioso por hendirse. Aconchar la bolsa de las dos bolas en el cuenco de la mano, le gustaba eso. De jóvenes, como locos. Lo hacían mucho, lo de tocarse, hace tiempo. Cuando andan por ahí con los pies descalzos, se les pone encogido el pájaro. Recomenzar. Fue despacio, con suavidad, tirando y girando a un tiempo, como en espiral. Cuando el aro pasó la fibra del nudillo, Rosa llevó el dedo irritado bajo el grifo para sentir el alivio infantil del agua. Entonces miró el anillo de desposada por la parte interior. El brillo era más claro. Como un lloro la reclamaba en el mundo, fue y lo dejó en la repisa del ventano abierto en la cocina, sobre el azulejo blanco, sin percatarse de la presencia de una urraca ladrona en la higuera. Doce años ya de casada. Se dice pronto. Cuando se fue, la rabilonga vio el cielo abierto. Una cleptómana de lindas fruslerías.

34

Los trescientos cuervos de Xallas se posaron en los tejados del pazo.

También Rosa aventó la muerte, el silencio agazapado entre los graznidos, pero no quiso verla. De vez en cuando salía fuera y buscaba en vano en los campos del señorío la solitaria figura de negro con su rebaño de lana, o el escuálido hilo de humo desperezándose en el telón gris del cielo, o por lo menos el monólogo de una pieza de ropa en el tendal. Ésa era, en los últimos tiempos, la presencia de Misia. Guiando, enlutada, casi oculta la cara por la pañoleta portuguesa, la blanca y miedosa mansedumbre de las ovejas. Sombra huidiza con una brazada de leña por el castañal. Alguien que cuelga un calcetín por la parte vencida del cordel. En los escasos encuentros, se mostraba evasiva, asustada como las ovejas. Hablaba sola. Un día se detuvo, apoyada en el cayado, y la miró con ojos extrañados. ¿Tú quién eres? ¿Rosa? Muy triste.

Toda aquella jornada anduvo inquieta, con un presentimiento graznando en los adentros. Cuando anochecía, al llegar Simón, no pudo resistirse y fue a llamar en el pazo. La puerta grande tenía echada la cerradura. Petó con la aldaba, la bola del mundo en un puño, fríos dedos de hierro. Gritó entonces por la señora, su nombre espaciado, sin exagerar, que no se asuste. Quizá está en la cama, enferma, enfebrecida, ahuyentando esos pájaros de mal agüero de la cabeza. O quizá no. Puede que me mire por el ojo de la cerradura o tras el velo de encaje de la cortina. Nada. Tampoco hay luz por el otro lado.

Por la noche, con el hombre, no habló sobre la sospecha. ¿Para qué vas a meter la nariz donde no te llaman? Eso es lo que él le diría. Pero, en parte, también por rebeldía contra aquel extraño poder de ver antes de tiempo, de aventar el lado siniestro de las cosas. Pensaba que cada vez que expresaba sus temores, sus miedos, sus manías, cada vez que convertía esos pensamientos en palabras, los presagios finalmente se cumplían. Tenía miedo de ella misma, de su cabeza, de esa insana inclinación a hacer de cada cosa una señal, un aviso, un mensaje, de tal manera que la vida era una angustiosa e interminable fábula, en la que finísimos e invisibles hilos unían la suerte de las cosas y de la gente. A veces, cuando se desatendía por estar con los sentidos en las manos, cosiendo o pasando la plancha a la ropa, o en la cocina, la cabeza trabajaba sola, se disparaba por el túnel de los ojos, un convoy de abalorios y sentimientos rodando veloz, traqueteando agitado, haciéndose palabras que se derramaban, hasta que se cruzaba en el camino una insignificancia. Una sombra. Y rechinaban ensordecedores los frenos. Después de todo, en la misma estación.

Al día siguiente, los trescientos cuervos de Xallas seguían posados en el tejado del pazo.

Meterse donde no te llaman, dijo a eso el marido.

La cabeza, sí, lo sabía todo, pero no podía dejarla sola. Mejor que no discurra. Engañarla.

Creo que deberíamos mirar. Lleva días sin salir. Ni siquiera suelta a las ovejas.

¡Marcharía!

Deberíamos ir a ver. Es una vieja. No tiene a nadie.

¡Está loca! ¡Es como una meiga!

Sólo mirar.

¡Mirar, mirar! ¿Y qué vamos a mirar? ¿No dices que está cerrado a cal y canto?

Hay que tirar la puerta abajo, dice la cabeza que despacio va preparando el terreno. O por una ventana.

Preferiría él que le hablase en otro tono para seguir negándose. Sentía rechazo por todo lo que provenía de aquella casa grande, fuese como esplendor o ruina, abolengo o miseria, el maldito vicio de la piedra rezumando historia, ese puto centro del universo. Habrá que ir entonces a echar un vistazo. Cuando ella pone esa voz, sabe lo que dice. Un sexto sentido. De miedo.

Cholo fue al hórreo y soltó al perro de la casa. Venga, Trotsky. El chucho loqueaba cuando llegó a la puerta principal del pazo. Ladridos excitados con intervalos de alaridos hirientes. Loco por entrar, loco por huir. Arrastraba el cuerpo tras el hocico por el limen de la puerta, jadeando ansiosamente. De repente, retrocedía espantado, el rabo encogido entre las piernas. El hombre intentó forzar la entrada haciendo palanca con un hierro.

Cerrado a conciencia. Tranca y todo. Voy por detrás, dijo Cholo. Por la huerta. Aquella puerta estaba medio podrida.

Y Rosa notaba los latidos del corazón en la caracola de la oreja cuando la apoyó contra la puerta. Luego, los golpes sin contemplación del hombre que va solo, el quejido de los viejos maderos asiéndose tercamente a los brazos herrumbrosos de los goznes, los ladridos histéricos del perro al acercarse por dentro, ahuyentando el corazón de la caracola.

Cholo quitó la tranca y asomó por el vano. Pálido. Descompuesto.

Mejor no entres.

Aparta.

Azuzadas por el estruendo lastimoso del perro, algunas ovejas trataban de salir del desmayo incorporándose patéticas sobre las rodillas vencidas. La mayor parte de ellas yacían inmóviles, traspasada ya la línea de la agonía, alrededor del cuerpo de la señora, un cadáver de mendigo, anidado en un saco, al pie de las escaleras.

Había ratones por ahí, olfateando, dijo el hombre nervioso. Para vomitar. Tremendo.

Anda, ve y trae una manta, dijo Rosa haciendo la señal de la cruz.

35

Por la rendija del tejado, Don Xil miraba la comitiva: Rosa, Simón, los viejos de la aldea y los trescientos cuervos.

Pobre entierro para una señora, dijo el barbero Paradela. En otros tiempos llevaría trescientas plañideras como dicen que llevó un Formoso de Viana.

¡Venga, señor, venga!, irrumpió el furtivo en el fúnebre belvedere. ¡Ocho huevos y un anillo de oro!

¿Oro?, preguntó con sarcasmo el barbero. Será del que caga el moro, dispensando.

¡De ley! ¡Fetén!, dijo Matacáns. ¡Y ocho huevos verdes con pecas!

¿Dónde está ese tesoro?

¡En un nido de urraca, en lo alto de un sauce!

¡Vayamos con esa rabilonga, Matacáns, que me arranque los ojos!, exclamó Don Xil saliendo del pozo en que estaba sumido.

Cálmese, señor.

Ya está visto el final de la casa grande de Arán, amigos. ¡No quiero más pinturas! Por estos pagos morir es todo un arte.

Sí, en este país la muerte es un vicio, sentenció Paradela.

Es el aire de la casa, dijo de repente Mohamed, que había permanecido pensativo en un rincón. Tiene partículas de tristeza. Como respirar la bruma de un mar antiguo.

¡Una ciénaga, dirás, un pantano de niebla!

Y va el barbero y dice: Un nido de ratones, dispensando.

¡Echemos alas!, dijo el furtivo.

En lo alto del sauce hay un tesoro.
¡Ocho huevos verdes y un anillo de oro!

Ya no juego, Matacáns. Voy a roer los cimientos de este camposanto. Mejor aún, me echaré a destilar saudades. Dejarse ir a la vieja manera. ¡Y adiós!

Cosas del aire, repitió Mohamed. Una química triste. Se posa en los bronquios como un liquen.

¿No tiene remedio?

¡Claro que lo tiene! ¡Cambiar de aires!

¡Venga, Don Xil, marchémonos de romeros!

Parece mentira, dijo el páter como recordando un voto incumplido, ¡no haber ido nunca a San Andrés de Teixido! Y fue como si esa invocación reviviese el espíritu popular: ¡San Andrés de Teixido, el santuario del fin del mundo! ¡Va de muerto quien no fue de vivo!

Pero si yo marcho, dijo finalmente Don Xil, ¿quién quedará en este camposanto? No, amigos, vayan ustedes. Dios no me suelta. Jamás dejaré Arán.

Y por más que insistieron no le cambiaron la idea. Fuéronse en alegre romería, mas también con el pesar de dejarlo.

Marcharon todos, contó Toimil al rey de Galicia, menos el condenado. Y fue entonces cuando comenzó a arder el pazo, como si el fuego esperase agazapado en el rescoldo del llar y brincase fuera, con lengua de serpiente, nada más verse solo. Una enorme hoguera iluminó la noche de Arán. Nadie hizo nada por apagarla. Eso sí, algunas sombras salían furtivamente con pertenencias, alfombras y muebles. Rosa se acercó a la fachada. Las llamas desatadas hacían estallar los vidrios e iban de un lado a otro prendidas en el lomo del viento. Brillaban burlescas en su rostro. Por estos pagos, señor, Dios estampa en romántico doliente.

Y fue Rosa con los niños por un monte para llegar al bosque de las mimosas, pues tenía querencia por la primera flor que alumbra en invierno. El mayor, que iba delante, se metió por un sendero y volvió a todo correr, muy excitado, diciendo que había en el paso un animal tirado pero vivo, con cara fiera, que le mostró los dientes, muy grande, un lobo o así.

Un perro será, dijo Rosa riendo. Y cogió una vara y añadió divertida: Vamos a ver entonces a ese monstruo, iiisca, iiisca.

De verdad que lo hay, mamá, dijo el niño disgustado, cuando ya ella apartaba los ramajos de retamas que invadían la senda. Y no es un perro.

No, no lo era.

¡Ves, mamá!

Quietos ahí, dijo ella, apretando el palo a la defensiva.

Con dolorida fiereza, el animal abría trabajoso la boca, poniendo en claro la amenaza de los dientes amarillentos y las encías ennegrecidas. Escuálido, los huesos dibujados en la piel sucia, sudada en mechones pegajosos y espolvoreados de tierra, jaspeada también con menuzas de helechos secos, todo lo que quedaba de vida hablaba por los ojos. En aquel refulgir, algo vio Rosa que la apartó de ellos.

Es un zorro, dijo ella. Medio muerto.

A su alrededor, la hierba y los rastrojos aplastados mostraban las huellas de un largo y desesperado forcejeo. Una de las piernas de atrás estaba atrapada en un cepo, pero la otra, la que mejor se veía, enroscada en el alambre, mostraba también grandes descarnaduras, como si el animal la destrozase al luchar por liberarse de la trampa. La parte despellejada había cuajado en pústulas y en la incisión del hierro rezumaba una sangre fea, de pus. Sólo la cola se mantenía alzada y reluciente, como si quisiera separarse un día no lejano de la costrosa raíz y huir vibrante como una ardilla por la torre del aire. La primera sorpresa dio paso a un insoportable olor nauseabundo y Rosa buscó en el otro extremo la vida de aquellos ojos salvajes, resentidos, humanos.

Pobre, dijo Rosa. Y luego algo nerviosa: Hay que irse.

Y con mucho trabajo cerró al animal la boca y dejó caer la cabeza sobre el lecho de hojarasca en lánguido escorzo, ajeno ya al movimiento del niño que se acercaba con un palo delante a manera de pica. Rosa lo apartó bruscamente.

¡Déjalo estar!

Iba a ver si muerde el palo.

¡Venga, vamos!

En la última mirada al cuerpo estirado notó el respirar agitado en el fuelle de las costillas.

¿Va a morir, mamá?, preguntó la niña.

Claro, tonta, dijo el niño.

Y muy callada, en el bosque dorado de las acacias, cogió Rosa las ramas para el adorno de la casa. No así los niños, que brincaban ya ruidosos, peleando por arrancar las más floridas, cabecitas locas, qué suerte, cómo olvidan.

A la vuelta, al salir de la congostra que llevaba a la carretera, escucharon el ruido del aburrimiento rodando por el asfalto. Era Spiderman, con las manos en los bolsillos, a patadas con una lata de Coca-Cola vacía. Antes de que Rosa siquiera saludara, los niños corrieron a contárselo a voces. Que había un zorro prendido en un cepo, allá, en el pinar, y que estaba muerto, medio muerto, vivo, muy herido en las piernas. Y dijo él: Vamos allá. Y fueron con el hombre sin esperar permiso de la madre: ¡Es nuestro, es nuestro!

¡Claro que es vuestro!, decía Spiderman. ¿Lo encontrasteis vosotros? Pues es vuestro.

Y estaba Rosa colocando las mimosas en un jarrón en la repisa de la cocina, haciéndolo sin pensar, hechizada por el resplandor de la alhaja vegetal, cuando escuchó el enloquecido aviso del perro de la casa. Sabía lo que vendría luego. Y cerró los ojos antes de abrir la puerta.

¡Es una hembra!, proclamó Spiderman.

37.

Y un día dijo Beatriz a Simón: ¿Sabes el camino para llegar a Grou? Se lo dijo muy alegre, como era ella, y él lo tomó como una invitación. Pero era un desafío. Para ir a Grou tienes que pasar por tres anillos. Uno es de plata y dos son de oro. Cuando llegues y veas la gran cerda, dale algo que sea de su agrado. Si te deja pasar, encontrarás al abuelo de los abuelos. Tendrás que vencerlo. Y entonces Bea dio una voltereta y desapareció. Acostumbraba hacer esa gracia y después de desvanecerse, aún reía por un momento con voz de mirlo entre los alisos.

Víspera de domingo, Simón preparó toda la gala para sí y para Albar, que observaba resignado el desmesurado perifollo de los atavíos para él destinados. En el cobertizo, sentado en una banqueta al pie del caballo, casi no durmió el hombre sacando brillo a los cintos, a la silla de montar y a las propias botas, hasta que se rindió allí mismo, sobre un mollo de paja. Lo despertó temprano Albar para que le diese tiempo a lavarse y componerse de general de campo a la antigua moda de los carnavales del Ulla. Tenía sed aquella mañana, una extraña ansia en la boca. Bebió a morro un jarro de leche, gotas en perla pingando por el peluche de la barba, hasta que las enjugó con el dorso. Enjaezó a Albar, ajustó la casaca federica azul, con golpes escarlatas, y palpó la empuñadura del chafarote de húsar, pues era un gran día de amor y desafíos.

Había amanecido en Arán con mucha sinfo-
nía de jilgueros y una alondra ocupaba en lo alto,
como una estrella cantora, el lugar de la polar. Aún
dormían los de la casa, cuando Albar hizo una ca-
briola en la era y salió al trote con el general al mando de las bridas, reloj del despertar aldeano el eco de
los cascos por las losas de las callejas. Y todavía hicieron un alto en la fuente que llaman de la Vieira, a
beber hermanados hombre y bestia en largo trago.

Perdidos más adelante en la densa niebla
que había acampado en el valle, supieron que se en-
contraban enredados en el primer desafío, que era
el de un anillo de plata. Tan tupida era la bruma que
sus hilos brillantes colgaban de las pestañas como cor-
tinillas de encaje y no veían, dicho sea como siempre,
un burro a tres pasos. Meditaba Simón sobre lo tur-
badoramente oscura que puede llegar a ser una cueva blanca, cuando Albar, por su cuenta, tomó la decisión de abrir camino por el curso del río, y fue así
como llegaron a las ruinas de los batanes, que era
donde se tejía ahora en melancólico lino la larga sábana de la niebla. Pasada la vieja fábrica donde el río
canturreaba a la antigua usanza por los canales mo-
lineros, vieron ya con claridad a la garza, azulando
el abedul que le blanqueaba las alas.

Y andaba muy entretenido Simón mirando
y remirando la estampa de la amada en el libro de
los adentros cuando tuvo que volver al mundo, pues
Albar se reviró incomodado. Estaban, por así decirlo, metidos en un cesto, tanto se había cerrado el
bosque de las acacias en su entorno. Como si se en-
cendiesen todas a una, las candelas iluminaban la
fronda en abalorios de un carnaval florido. Frenados
por la vegetación, fascinó no obstante a Simón el

prístino oro de aquella catedral. Más preocupaba a Albar cómo salir de allí, fastidiado por el abrazo traidor de la acacia brava que disimula las púas bajo la púrpura de la casulla. Seguir adelante así era un martirio. Recular, volver sobre lo sufrido. Fue esta vez el hombre quien tomó la delantera. Descabalgó Simón y nada más echar mano del chafarote y desenvainar, se replegaron cuidadosamente las ramas más canallas con sus máscaras burlescas, abriendo un claro por el que salieron con mucha compostura.

Y llegaron a un belvedere desde donde se les mostró sin secreto el segundo anillo de oro: un inmenso tojal en esplendor de flor y espinas, como campo de puñales, rodeaba lo que sin duda era Grou, alzado a la manera castreña, un poblado apiñado en círculo con vallados concéntricos entre los que pacía el ganado y crecían las huertas. Nacía a sus pies un camino, y Albar, bastante escarmentado, receloso de las flores con alma de espinas, echó a andar por lo fácil sin contraorden en las riendas. Pero sucedía que cuanto más andaban más apartaban, y aquello no tenía mucho sentido, pues el norte del barbanzón era justamente Grou y hacia allí parecía ir el camino, un espejismo. Pasaba el tiempo, con las lanzas del sol del ángelus fustigando a hombre y caballo, y no hacían más que dar vueltas en un laberinto que los apartaba de la aldea y hacía irreales aquellos penachos de humo que mantenían el equilibrio de la nada.

Comenzaba a estar harto Albar y a desesperar Simón, peleando por apartar el ruin pensamiento de que el amor es siempre un fruto amargo, cuando el galán se fijó en ellas, en las columnas de humo, y se dio cuenta de que no sólo no se movían sino que eran exactamente del mismo color que la piedra del belén del que surgían, tal como un decorado. Y que igual sucedía con el resto de las formas, eternizado el pensativo burro, inmóviles las vacas y las ovejas en el beso de la hierba, sujeta en el gnomon del sol la vieja de la ventana. Y era para enloquecer aquel hechizo, pues si lanzabas una piedra, que tal hizo Simón en cuanto se apeó, el guijarro iba dando botes por el cielo como hacen los cantos rodados en la mar salada si los tira un enamorado. Aquel mundo era una especie de burbuja, de bola de sibila, posada en un otero lunar y circundada por un foso de agua verde y aquella extensa e insalvable defensa del anillo de dorada aliaga. Sentíase Simón como una paulilla, cabeceando inútilmente en la lámpara del deseo. Y la impotencia de vencer al encantamiento se fue trocando en rabia que estalló finalmente en un aullido que resonó doliente por los pasillos del cielo y hasta dejó asustado al sereno Albar. Abrió el libro de los adentros por la estampa amada y reunió todo el aire de que era capaz en la caja de pecho. De lo que vino después, se estremeció la naturaleza entera. En convulso vómito, echó fuera Simón un trozo de carne como un corazón. Y luego llamó por el nombre, ¡Beatriz!, en un grito de conjuro que crujía por las puertas antiguas. El mundo aquél comenzó a moverse, se soltó el freno de la aldea, ascendía el humo en lazo de turbante, la vieja del ventanal vació contra el sol el agua sucia de la palangana, y el laberinto del camino se deshizo como el ligero nudo de una tejedora.

La trajo Spiderman en una especie de pa-
rihuelas, contó Toimil al rey de Galicia, los niños
detrás muy excitados, y Rosa salió a la puerta a reci-
bir la procesión, las manos recogidas en el delantal,
sin saber muy bien qué hacer, temerosa de acercarse.

Mira, es una raposa, decía él, tan exaltado
como los niños, los peludos brazos remangados hasta los codos.

¡Pero, hombre!

¡Es nuestra, es nuestra!, gritaban los chavales alrededor.

Pero, hombre, ¿cómo se te ocurrió?

Tenía ella la sensación de que todo el mundo
estaba al acecho, espiando la novedad, riendo aquella rareza, una zorra agonizante, la muerte malo-
liente del bosque, allí, en la era de la casa.

Se curará, ya verás, dijo él animado.

¡Qué loco está!, pensó ella. Dijo: apesta.

La lavo yo, ya verás. Trae agua tibia.

¿Agua?

Un poco caliente. Y jabón.

La dejó en el suelo con cuidado. El animal,
al verse sobre firme, trató de incorporarse huyendo
ansiosamente con la cabeza, pero no pudo más que
arrastrarse medio palmo apoyando las patas de delante. Soltó el hilo de una queja, se convulsionó
tembloroso, y terminó por entrecerrar los ojos de

impotencia y rendir la cabeza, con la mirada perdida al ras, ajena a aquel coro expectante, enormes humanos ojos explorando cada palpitación de su ruina.

Pero...

Trae agua en una tina, mujer. Vamos a quitarle esa costra a la señorita.

Y al decirlo, sin mirar a Rosa, fue acercando la mano muy despacio, amiga mía, así, tranquila, tranquiliña, buscando la nuca de la raposa. Cuando ya rozaba con las yemas el pelo hirsuto tras las orejas, así, tranquila, mujer, el animal hizo de repente el quite de trabarlo pero no tanto, retraída por el dolor, y abrió la boca con rabia de no morder, la mano del hombre posada en el lugar donde acarician los dientes del macho.

Con Rosa y los niños de atentos testigos, fue lavando Spiderman muy suavemente la pústula de las piernas y la costra del trasero. Allí donde trabó el cepo y hendió el alambre, descarnada y con la sangre ennegrecida, parecía también la parte más insensible, pues la raposa se dejó hacer sin queja, así, bonita, pobre animal, tiene todo destrozado.

Y dejaron que estuviese al sol mientras le diera, vigilante Spiderman de los perros de los alrededores, que ya habían olido y rondaban rezongando, alertados también por los alaridos de Trotsky, rabioso bajo el hórreo. No se había hecho Rosa todavía a la idea, cuando él dijo que estaba muy débil y que había que conseguir que comiese, para luego soltar la ocurrencia temida, que estaría bien buscarle un lugar seguro y a salvo de la helada y los perros.

Pero...

¡Sí, mamá! ¡Sí, mamá!

Una cabaña, mujer, que yo la cuidaré.

Iba a decir: ¡Este demonio de hombre, qué liante! Dijo: ¡A ver lo que piensa Cholo cuando llegue!

Pero era demasiado de noche cuando vino el hombre de la casa y no había quien le contara el cuento de la raposa.

39

Así que fue coser y cantar ponerse en Grou, todo olvidado ya, alegremente, animados Simón y Albar por los sonidos psicométricos de la tierra, esa forma de mugir que se da en los domingos. Y ya antes de entrar por la rua principal, vieron de frente una cerda descomunal que andaba hozando en unos tiestos de geranios sin que ningún humano le afeara la conducta. Nada más ver a los forasteros, hombre y caballo, corrió gruñendo la puerca hacia ellos, sus ojitos estúpidamente desorbitados en la brutal cabezona. Nunca había visto Simón nada semejante, y tampoco Albar, a juzgar por el quiebro que dio. Achaparrada, con las tetas rozando el suelo, tenía no obstante el ancho de un buey. Mirada maliciosa ahora, atrancaba impasible el camino sin que le afectasen los impacientes bufidos de la caballería. Comenzaron a asomar cabezas de mujer por las ventanas.

¡Tienes que echarle algo!, gritó una.

¡Échale algo!, dijeron todas.

La grandísima cerda miraba exigente y burlona en la aduana de la rúa.

Tiene que ser algo que le guste.

¡No le gusta el pan de maíz!

¡Nada de castañas!

Y fue entonces Simón y con mucha solemnidad sacó del zurrón un paño ensangrentado y anudado por los cuatro cabos. Lo desató despacio, bien a la vista de la marrana, que atendía golosa. Había expectación en todas las ventanas de Grou. Simón cogió el músculo sanguinolento y lo sopesó en el plato de la mano. Todos vieron cómo caía en cámara lenta a los pies de la gran puerca.

¡Un corazón!, decía el murmullo al hacerse grito de sorpresa por las bocas de la aldea. ¡Le tiró un corazón!

La cerda, entre golosa y desconcertada, miró alrededor y luego lo devoró, de un bocado, rezumando sangre por las fauces. Apartóse después y marchó rosmando cabizbaja.

¡Gustó, sí señor!

Simón miró a su derecha. Quien hablaba ahora era un viejecito barbado, casi enano, con una faja roja ceñida a la cintura. Tenía orejas picudas y unos ojos chistosos.

¡Es el abuelo de los abuelos!, señaló respetuosa la mujer en la ventana más próxima.

Vamos a ver, dijo él pensativo, ensortijando la barba, ¿qué cosa es que va por la losa y no se posa?

Todas las miradas volvieron de nuevo a Simón. A éste comenzó a dolerle tanto silencio. Sabía la respuesta, gimiendo en las portezuelas de la memoria, arrastrando las hojas secas, pero no era capaz de hablar, consumido aún por el precio de un corazón arrancado para decir el nombre de la amada. Pensó explicarse con las manos pero no era el caso, pues lo que fuese se fugaba por entre los dedos.

Ya lo daban todos por derrotado.

¡El viento!, gritó de repente Albar.

Maravilló al viejo aquella forma de responder la adivinanza por boca del caballo. Se persignaron las mujeres.

Ya me tardabas, dijo Beatriz al final de la calleja.

La gran puerca restregaba la panza a la puerta de la casa. Pendía del hocico una baba de violetas. Dentro, todo fueron cumplidos. Beatriz tenía tres tías zalameras y graciosas, pequeñas y regorditas, que llevaban faldas verdes y coloradas y que obsequiaron a Simón, apocado tras la gran mesa de madera de pino, con un surtido de frutos de la tierra, que allí le pusieron, entre otras meriendas, mantecoso queso de teta del país frescamente envuelto en papel de verdura, orejas de carnaval con polvo de azúcar blanco, filloas de sangre con miel milprimaveras, tinto del Año Santo, y luego caña de hierbas para bendecirlo todo.

Y venga ellas, rubicundas y sonrientes, preguntando a Simón que si quería más y si estaba a su gusto. Y él, encendidas las mejillas, correspondía con la boca llena a tantas atenciones.

Ya os dije que no hablaba, les avisó Beatriz.

Sí, mujer, pero eso no quita de preguntar, respondió la que atendía por tía María.

Tiene buena planta, dijo la tía Maruja.

Y cara de buena persona, añadió la tía Marisa, complacida por el buen apetito del invitado. Parece bondadoso.

Cuando escucho algo así, dijo de repente una voz cavernosa desde el banco del llar, cuando oigo hablar así de alguien, me da la impresión de que le están llamando idiota.

¡Tío Roque!, gritó Beatriz.

¡Serás bruto!

¡Siempre del revés!

Hu, hu, hu, hu.

El que reía con pícara malicia revolvió con un hierro las brasas del fuego y un enjambre de pavesas subió hacia el agujero negro de la campana. Él mismo tenía media cara en la sombra con un sombrero de indiano. En la claridad de pan de la ventana, picoteaba un mirlo.

En lo tocante a ser mudo, dijo el tío Roque sin perturbarse, tengo entendido que tiene cura siempre que haya oreja. Sólo hay que cortarle la punta de la lengua.

¡Serás bestia!

De una tajada. Me lo contó un paisano en Cuba. Él tenía un pájaro de colores que hablaba. Decía: ¡Gallego patasucia, gallego patasucia! Hu, hu, hu.

¡Bebe y calla!, cortó tajante la tía María.

No le hagas caso, dijo sonriente Bea a Simón. No lo hace por mal. Creo que se le sube el humo a la cabeza. Desde que volvió, no salió de ese rincón.

¡Siempre fue un picajoso!, dijo la tía María, que en todo estaba. Ya de crío era un viejo resabiado. ¡Un testarudo!

Desde su escondite, el anciano le hizo al mozo un guiño cómplice y luego se echó a cantar por lo bajo, arrastrando la voz como el eje de un carro.

En la camisa llevo pulgas;
en el calzoncillo, piojos.
Como tengo tanto ganado
a los vecinos se les caen los ojos.

Canta hombre, canta, rió sin querer la tía María.
¡Vino más pobre de lo que se fue!
¡Trajo un sombrero!
¡Y una cachimba!
¡Y una camisa con una palmera bordada!
Dejadlo.

Come más, niño.

No puede más.

¿Cómo que no?

Tiene mucho donde meterlo.

Un poquito más, venga.

Y después del convite, contó Toimil al rey de Galicia, fueron los dos en Albar de paseo de enamorados y llegaron a una laguna azulísima, como si el cielo descansase en una bandeja de porcelana, que se miraban nítidas las pinceladas perezosas de las nubes en el día de solaz.

Y era cierto que algo de brillo duro tenía el delicado paisaje en que estaban ellos, el caballo y también aquel cuervo posado en la soledad de un árbol desnudo, pues el lago se había formado en la cavidad abierta de una mina de caolín abandonada, como era de ver por la blanquísima cinta que orlaba las aguas donde espejaba la bóveda de lo alto. El sol enfriaba en aquel mirador y, asombrados, como si el simple estallido de un hueso pudiese quebrar todo, vieron deslizarse por el barniz del silencio la pareja de cisnes.

Sí, mi señor, dijo Toimil al rey de Galicia, el leal Maeloc y la dama de Normandía paran allí, en la poza de la mina abandonada, desde que los echaron a tiros los escopeteros en la laguna de Xuño.

Y cuando abrió Rosa, que habían llamado, estaba Spiderman a la puerta con el rocío de la mañana en el cuero de las botas y ella dijo: Ah, eres tú. Y luego: ¿Pasas? Y él dijo que bueno, que un café sí tomaba, si no era molestia.

¿Y el marido?

Ya marchó.

¿Y qué dijo?

Nada.

Rosa fue a la parte de la cocina y volvió con el cazo. No había atado aún en cola la melena. Ojeras. Un andar perezoso, de zapatillas.

Traigo algo para ella, dijo Spiderman. Unas aspirinas.

¿Aspirinas?

Si son buenas para la gente, lo serán también para los raposos. Y estotro es una pomada que tenía mi madre cuando se dio un corte con la hoz. ¿Fuiste a ver cómo estaba?

¡Qué iba a ir! Esto es una locura. Me da grima sólo acercarme a la puerta.

¿Y los niños?

Ellos, querer, querían. Los mandé a la escuela hace un rato. Los pequeños duermen. Les llegó la hora, dijo ella con una sonrisa cansada.

Así era yo. Dormía al cantar el gallo.

Tienen el sueño cambiado.

¡Dales unas hierbas, mujer, tila o algo así!

De eso voy a tomar yo. Creo que si me dejasen dormiría toda la vida. Me echaría en una cama para siempre.

Llevó el cigarrillo a la boca, a la vuelta del suspiro. Él se apuró a buscar el mechero en el bolsillo.

Pienso que eso de no dormir por la noche no se cura nunca del todo, dijo Spiderman. Yo siempre iba a la cama de mis padres. Anidaba del lado de ella, pero no dormía. Había noches de luna en las que las figuras de las cortinas se dibujaban en el techo y en las paredes. Pájaros que se estiraban en sombras y cosas de ésas.

Rosa miró por vez primera de frente, despierta por la confidencia, y vio en los ojos las chinescas sombras sobre un fondo de luna. Los hombres no hablaban así.

Pero lo que más me gustaba era en el invierno. Me pegaba a ella, encogido bajo las mantas, escuchando de un lado su respiración y del otro el viento bramar fuera, aullando por el tejado.

Cuéntame más, iba a decir ella, pero apagó el cigarrillo y dijo mirando para los campos: Se echa la mañana encima.

Pues sí, dijo él levantándose. ¿Tendrás un plato de leche?

Y cuando se lo dio, echó en él las aspirinas y fue removiendo con el dedo para ablandarlas hasta que se deshicieron.

Voy a ver cómo está la señora. ¿Vienes tú?

Sí, si vas delante.

O.K.

Y empujó Spiderman con cuidado la puerta de la cabaña, que aun así crujía, abriendo lastimosamente un acordeón de luz. Brillaron por un momento ojos y dientes, señales de vida en la tela del saco. El animal parecía achicado en el suelo mientras las figuras humanas se agigantaban en la pantalla de la puerta.

A ver, corazón, dijo Spiderman al agacharse y dejar el plato cerca del morro de la raposa. Luego, con mucho tino, untó con la pomada las partes de las heridas. Al contacto, el animal intentó moverse pero sólo le salió un lamento apagado, de perro vencido. Dejó después la cabeza acostada, con los ojos perdidos en lo oscuro, ajena a la luz de la leche.

No tomará nada mientras estemos aquí, dijo Rosa.

No. Y tiene que estar muerta de hambre.

Cuando salieron, los cegó alegremente un sol renacido. Latía en el aire la primavera. En el lateral de la casa, cerca de la higuera, florecía el sabugo en blancas alas de mariposa, copos vegetales emergiendo tallo arriba del nicho de la invernía.

Spiderman bostezó estirando los brazos. Cruz colgante de oro en el pecho de lobo. Perdona. Rosa rió.

Bonito día, dijo él.

Luego enfría. Por la tarde.

Si no te importa, me quedaría por aquí para echar una ojeada de vez en cuando. Si no te importa. No tengo nada que hacer.

¡Qué me va a importar!

Podría..., si quieres, podría hacer algo, dijo él con cautela.

¡Quita, hombre! ¿Qué vas a hacer?

Podría cortar leña, o...

Hay leña para años. Mi hermano...

¿Hay goteras en el tejado?

No, no, dijo ella divertida. Ahora no.

Podría..., podría pintar la fachada. Y señaló los faldones de blancura descolorida de la casa. También Rosa miró las faltas, cicatrices ennegrecidas por la humedad, los trazos de piedra resurgiendo tercos bajo el cemento.

¿Qué dices de pintar?

Es una buena idea, no digas que no. ¡Como hay Dios que lo hago!

Estás loco.

¿De qué color la quieres?

No me tomes el pelo, anda.

Pues plantaré flores.

¿Flores?

No sabía muy bien por qué, pero sintió dolor, como una punzada en los adentros. Miró alrededor algo desconcertada. Era cierto. Fuera de la blancura brava del sabugo, no había plantas de flor. En el ventano de la cocina pespunteaban los luceros de las mimosas cortadas.

Sí, flores, ¿por qué no?, dijo Spiderman. E iba a añadir: Es algo que no entiendo, que aquí las casas no tengan jardín, flores en las cuatro esquinas, sólo los muertos las tienen. Pero eso lo calló. Dijo: Sí, mujer, ya verás. Es fácil. Haré unas jardineras con troncos de madera, ahí, en los laterales. Aunque sólo sean geranios. Y alrededor de la era espeto unas hortensias. Te la dejaré bonita.

Las comen los animales.

Ésas no. Son muy amargas.

Bueno. Bien. Allá tú. La verdad es que muchas veces lo pensé, pero...

Es por entretenerme. Miro de vez en cuando al animal y trajino un poco.

Ella fue hacia la puerta. Flores. Una corona de flores en el pensamiento. Antes de entrar, dijo: Oí que marchas otra vez.

Bueno. No lo sé aún.

En el alpendre buscó Spiderman las herramientas, y luego removió en la cubeta de madera. Haría unas jardineras alargadas, con maderos sostenidos por puntales en aspa, como las que había visto en Holanda y por ahí. Anotaciones mentales para un hogar imposible. La canción de Pucho Boedo: ¿Quién puso en tu linaje la vida errante del afilador? La madre, el último lazo. Ahora, muerta.

Durante la mañana, Rosa escuchó el monótono gruñir de la sierra, respondido a intervalos por el carillón alegre del martillo. Le venían bien aquellos sonidos a la casa, como si siempre estuviesen ahí, desafiando aquellos otros que alargaban el silencio: la cisterna, la contraventana batida por el fantasma del viento, el arácnido estallido de un plástico en el cubo de la basura.

Llamó Spiderman a la puerta y ella se apuró para ver la obra pero era que traía el plato vacío.

Lo tomó todo, dijo. Creo que le voy a comprar algo de carne.

Pero...

Es buena señal, ¿sabes?

Deja, no vayas. Tengo yo un poco de pollo por ahí.

O.K. Crudo. Picadiño. Yo mismo lo preparo, si me dejas un cuchillo. ¡Sabe Dios cómo tiene las tripas el pobre animal!

Él allí, en la cocina, remangado, con las manos un poco ensangrentadas por la carne. ¿Podría ver otra vez ese tatuaje? ¡Qué tonterías pienso!

¡Ah, ya hice una jardinera! Vete a ver cómo queda, si quieres.

Y cuando volvieron los niños de la escuela, estaba la raposa al sol en la era, estirada sobre el saco de cuerda, los ojos entrecerrados, y Spiderman sentado a su lado, vigilante, con una vara en las manos para ahuyentar a los perros que rondaban.

¿Curó?

Aún no, pobre. Pero ¿sabéis una cosa, una cosa muy importante? Comió, comió como una reina.

¿Y qué comió?

Pollo, un zanco de pollo fresco.

¿Y patatas?, preguntó la niña. ¿Los zorros comen patatas?

Tú eres tonta, dijo el niño. ¿Cómo van a comer patatas? ¡Son carnívoros!

¿Y qué? Trotsky come patatas.

Eh, eh. Creo..., creo que ella no comería patatas, pero ¿quién sabe?

Spiderman se acercó entonces a los niños, en cuclillas, como quien va a compartir un secreto.

¿Veis este dedo, el que no tiene uña?

Era cierto que lo veían. El corazón de la mano derecha terminaba en un muñón y, amputado en un tercio, parecía un extraño ser entre el anular y el índice. Spiderman lo hizo dedear y lo miraron con la boca abierta.

Le falta un trozo, ¿lo veis? Pobrecito. Pues lo comió un pez.

Los niños pusieron cara de grima, como si sintiesen allí mismo el roer de los dientes.

Las pirañas. ¿Habéis oído hablar de las pirañas?

Una vez, en la televisión, dijo el niño, comieron un caballo en un minuto.

Pues a mí me comieron este trozo de dedo.

¿Te dolió?, preguntó la niña. Quiero decir si te dolió mucho.

No sé. Ya no recuerdo. En realidad, no fueron las pirañas. Era broma. Fue un monstruo de hierro. Si me descuido, me lleva el brazo.

Después del silencio, los tres volvieron las miradas hacia el animal.

¿Crees que será nuestra amiga cuando esté sana?

Seguro que sí.

¿Como un perro? ¿Jugará con nosotros como un perro?

Haremos una cosa. Dejaremos que vuelva al monte.

Ellos callaron. No parecían estar muy de acuerdo.

Os recordará. Por la noche mirará la luz de vuestra casa.

¿Y si marchamos? Mamá quiere que vayamos a vivir a Coruña.

Rosa asomó entonces por la puerta con la pequeñita en brazos y llamó a todos para comer.

¡Mamá, mamá!, gritó la niña. ¿Sabías que a Spiderman le comieron un trozo de dedo las pirañas?

Fue un monstruo de hierro, dijo el niño.

Rosa se quedó mirándolo. ¿Por qué no entras tú también?

41

Y un domingo que se había presentado gris y con los pies encharcados, fue Simón a Grou a ver a la amada. Y algo extraño notó, eso que llaman presentimiento, porque la naturaleza estaba inmóvil, pesarosa, con el orballo pingando por el fleco de los árboles de entrecejo plegado. En la pesadumbre de las zarzamoras de los setos, un sacristán evitaba cantar, disfrazado de gorrión. Todos los seres parecían ir para un sitio lejano que no fuese el suyo, alertados por una confidencia de la tierra. Un abejón volaba desnortado por la uniforme mancha de los pétalos de la tristeza. La babosa se deslizaba por la escritura del granito con la eterna nostalgia de los sin concha. Habían vuelto los jabatos al vientre de la madre. Desaparecido el corzo en el pentagrama medieval de los caminos ciegos. El cielo, rizoso, con hondas ojeras, se debatía en atormentadas melancolías.

En la desolación, el aliento del caballo era un hogar.

A las puertas de la aldea quedó la escolta de los trescientos cuervos de Xallas, y vio el caballero a la gran puerca hozar en el lodo, masticando el arco iris en las aguas sucias. Lo dejó pasar, indiferente, sin alzar siquiera sus ojuelos falsos. No había figuras apoyadas en las puertas de doble hoja ni siluetas en el disimulo de las cortinas. El mundo había perdido el arte de mirar hacia fuera. Por una ventana vio Simón al abuelo de los abuelos desgranando espigas de maíz delante de la televisión. En otra casa, una familia entera también miraba la pantalla, masticando en silencio alrededor de la mesa. Iban por la calleja central, ignorados, como si llegasen retrasados a un cambio de hora.

Albar se detuvo frente a la casa de Beatriz. Al no salir nadie, fue Simón a llamar a la aldaba de herradura. Del interior llegaba un rebumbio estruendoso de tiros, neumáticos de coches chirriando en una curva, sirenas policiales, enérgicas voces anticipando otra tanda de disparos. Evidentemente, todo eso era parte del silencio. Escuchó un andar arrastrado y en el foco de luz que proyectaba el día en el pasillo apareció lentamente la figura huesuda, encorvada y enlutada de la que vino siendo la tía María.

Decía por lo bajo: es él, claro, ya está aquí. Pero, mirando con recelo, preguntó a Simón: ¿Quién eres? Y aún después: ¿Qué quieres?

Simón sonrió con amargura. Deseaba con toda su alma que fuese un nuevo juego, un desafío, y que pronto reapareciera alegre y diligente por el pasillo la repolluda tía María, invitándole a pasar y dando voces cantarinas para que viniese Bea, que tienes visita, píllalo bien por las riendas, no dejes que escape el caballo, ¿y no preferirías una más madura, hombre?

Bea no está, dijo por fin.

Hizo entonces el ademán de cerrar la puerta pero se lo impidió el brazo de hierro de Simón. Tenía el visitante los ojos enrojecidos, un miniar de corazones y espadas. Le pareció entonces a ella conveniente bajarle el hervor de la sangre.

Bea ya no vive con nosotros. Se fue a servir a Coruña.

Se veía que Simón estaba poniendo el eslabón en las palabras. En el fondo del pasillo asomó el tío del sombrero habanero.

¡Dile la verdad!

¡Ya se la dije! Marchó de criada. A Coruña. No sabemos dónde para. Ni queremos saberlo.

Esta vez sí que cerró la hoja superior de la puerta sin que nadie se lo impidiese.

El caballero escupió en el suelo una miniatura de serpientes y sentimientos desencajados, montó en Albar y partieron al trote hacia el norte, peinados por el viento, con la fiel escolta de los trescientos cuervos de Xallas, desaliñados ecos de un trueno justiciero.

42

Y cada día que pasaba la raposa iba mejorando, que se le notaba en el aspecto menos feo de las heridas, el brillo recuperado de la piel, el insaciable apetito, y sobre todo la viveza de los ojos. Venciendo el asco inicial, era Rosa quien más se fijaba en la mudanza. Aquellas dos luminarias encendidas de la cabaña comenzaron a ejercer sobre ella un extraño influjo, de tal manera que a cada hora entreabría ritualmente la puerta y quedaba en el quicio, cruzándose cautivas las miradas.

Desde el hallazgo, la presencia de Spiderman era habitual en la casa y se había convertido en algo familiar. Al tiempo que cuidaba al animal, con una cuidadosa rutina de curas, comidas y baños de sol, prosiguió en sus trabajos de embellecimiento. Al fin, Rosa aceptó que pintase la fachada de la casa. Cholo, dijo ella, se había encogido de hombros ante la idea y rió burlón con toda aquella historia disparatada de niños, raposa y emigrante desocupado ejerciendo de veterinario. Escogió Spiderman, con el parabién de la mujer, los colores alegres de las casas marineras del país, que eran de blanco las paredes y azules los marcos. En lo alto de la escalera, con la brocha y el cubo de cinc, cantaba y silbaba canciones todo el día a la manera del gremio de pintores. No sé qué tienen tus ojos, no sé qué tiene tu boca, que domina mis antojos y a mi sangre vuelve locaaaa.

Y aquel día dijo Spiderman que iba a comer fuera, aunque mucho le insistió Rosa para que se quedase. Cuando volvió, que se cruzó con los niños camino de la escuela, traía puesto el borsalino que gastaba a veces y la chaqueta colgada al hombro, sujeta con la punta de los dedos.

Desde la portezuela de la era, vio a la mujer de espaldas, apoyada en el quicio de la cabaña, tan atenta al animal que ni lo oyó acercarse hasta que sintió su aliento muy cerca, en la nuca, y asombró la luz, pues él también se apoyó en el mismo lugar, haciendo puente con el recio brazo. Ah, ¿eres tú?, dijo ella, sólo mirando de reojo, a la altura del pecho desabotonado del hombre, salpicado en miríada de cal. Y no quiso volverse del todo porque con él detrás y posada en los ojos del animal sentía una sensación de agradable inquietud. De girar, seguramente él se apartaría y cada uno se iría a su labor. Pero ella no giró, bien al contrario, queriendo sin querer, desmayó lo justo, un levísimo movimiento que tocó cuerpo con cuerpo. Y a aquella señal siguió la suave presión del macho sobre sus nalgas, que ella devolvió. Y fue Rosa hacia dentro de la cabaña, con las mejillas encendidas, tras los ojos del animal, sin volverse, y él detrás, que tiró sin más la chaqueta y sombrero y la cogió por el codo para tenerla de frente y abrazarse rabiosamente sin saber bien qué hacer, si arañar o morder, tanta había sido la demora de la guerra, que ella murmuraba Pero-qué-me-haces y él decía: ¡Dios!

Y llevó Albar a Simón por el camino de la costa, apartándose de los coches y de las casas de gente, por congostras y caminos hundidos hasta el hueso en el lecho blando del bosque y senderos entrelazados por menudos cantores ocultos en la maleza. Esa línea, bien visible para los trescientos cuervos, los guió por el dolmen de Dombate y de allí a la ciudad castreña de Borneiro, desde donde bajaron hacia los campos de Meaño y toparon el río Anllóns haciéndose mar, de aquella manera, señor, que hechiza el alma. Vese allí, en las gándaras del océano, cómo el bajamar sereno es poseído por un corazón exaltado.

Habría que poner en el Monte Blanco una escuela de la belleza, dijo melancólico el rey de Galicia.

Y después, señor, pasados los juncales del Anllóns por Ponteceso, siguieron hacia la parte de Corme, hasta la Piedra de la Serpiente.

¡Serpiente con alas!, exclamó el rey. ¡Quién pudiera leer en ese libro de piedra!

Continuaron por Mens. Era digno de ver el caballero al galope en esa tierra romana, los trescientos guerreros flameando en lo alto. En la llanura fecunda, las mujeres saludaban con alados sombreros sancosmeros de paja encintada en negro. Todavía subieron a San Adrián a verlo todo de Malpica.

¡Las tres Sisargas!, adornó el rey. Patria son de los pájaros del mar. ¡Araos, gaviotas, cormoranes!

Y fueron por el Buño alfarero, por el paisaje rojo de las barreras, los hornos de las tejeras, el burgo de los olleros.

¡La nobleza de las manos del país!

Pasó la comitiva por la Piedra de la Arca, con el pasillo al modo de Bretaña, y ya desde allí, contra el norte, se adentró en los arenales de Bergantiños. ¡Razo, Barrañán, Baldaio, mi señor!

¡Bien lo sé, Toimil!

Trotaba Albar por el ribeteado del mar, tras la estela donde zurcían chorlitos y correlimos. Descansan en este paso criaturas que vienen del crepúsculo del mundo y van a calentar la sangre a las costas africanas. Así un año y otro.

¡Cantarán en gaélico!

Y en finés, señor, y en flamenco y en letón.

¡Lástima no saber idiomas! Esos cuentos del norte son de mucho sabor.

Más adelante, desde lo alto de las rocas vieron aún Caión, aquella cuna brava desde donde salían los nuestros a la caza de la ballena. Parecería hoy, señor, un triste arrabal de no ser por el rostro trágico del mar que lo embellece. Al acercarse a Arteixo toparon de repente con el tráfico de la carretera. Los coches zumbaban a su lado. El caballero, muy erguido de porte y con gesto endurecido, llevaba el walkman puesto. Quizá escuchaba esa que era tan de su gusto:

Por la lejana montaña
va cabalgando un jinete:
vaga solito en el mundo,
va deseando la muerte.

Ya en Sabón, se acercó Albar a la balconada del último juncal, que es milagro de ver cómo aún la habitan ánades, cercetas, patos de ojo dorado y serretas, al contraluz que dejan los pabellones de las fábricas. En Pastoriza, subió al santuario de la Virgen labradora y pescadora. Se respiraba ya, por Bens, una desolación fronteriza. Graznaron de súbito los trescientos cuervos. Aparecieron ante sus ojos las calderas del crepúsculo. Las gigantescas chimeneas industriales de la Refinería de Petróleos chamuscaban los primeros velos de la noche. El poniente entraba en combustión en la campana de la ciudad. Los autos pasaban ahora como lanceros impasibles, hiriéndoles en los ojos. De inmediato, los graznidos de la escolta comenzaron a mezclarse con una marea de sonidos escupidos al azar en el caos luminoso. Sólo la persistencia rítmica del trote se sobreponía al barullo de bocinas, alarmas y sirenas, de tal manera que hubo un momento en la Avenida de Finisterre, populosa puerta de la urbe, en que todos los ruidos cesaron para escuchar a Albar, y ahí volvió el corvear de los trescientos como ánimas en el cielo de neón. Se detuvo el tráfico en cruce de rondas para dejar holgura al caballero. En la plaza de Pontevedra corrió la voz de que bajaba un hombre a caballo, y tras de él, una bandada incontable de cuervos.

En una esquina del café-bar Borrazas, y con la cabeza ciertamente llena de pájaros de agüero, componía el final del mundo en octavas reales el poeta Andy Brigo. Durante años había formado parte de la banda de los graffiti y llenaron la ciudad con pintadas del tipo ¡*Vivan las ciencias exactas!* o *Lo científico no quita lo valiente*, firmadas por MAR (Movimiento del Arte Racionalista). El grupo se deshizo por una sentencia judicial que los había castigado con la limpieza de leyendas en paredes y autobuses de la Compañía de Tranvías. En el juicio, intentaron evitar la condena declarándose artistas. El juez prefirió calificar su obra como «acto de gamberrismo». En un posterior recurso, y por consejo del abogado, se declararon locos. El juez aceptó encantado el alegato, defendido con entusiasmo por un perito psicólogo que elaboró su informe después de una conversación de dos minutos. Fueron, pues, absueltos por locos y no por artistas. Aquel incidente había afectado mucho a Andy Brigo. Recuperado como creativo por una agencia de publicidad, diariamente ingeniaba reclamos que estaban consiguiendo gran éxito por su impacto. Utilizaba sus viejos graffitis como fuente de inspiración, y ahora lucían hermosos y legales en las vallas publicitarias. Por ejemplo, EL LIMITE ES 100, PONTE A 160 (campaña de promoción del nuevo automóvil juvenil), ¿ERES CAPAZ DE TRAGAR TODO ESTO? (saldos en un hipermercado), ROMPE CON EL PUERCO SISTEMA (nueva marca de detergente) o UN HOMBRE ES UNA NACIÓN (campaña de mentalización institucional para la recaudación de nuevos impuestos). Las cosas iban bien pero sentía en los adentros una honda desazón. Quizá por eso vivía un especial deleite en dedicar las horas del crepúsculo en el Borrazas a la escritura de la obra *The last day is close*, una pormenorizada descripción del Apocalipsis, que en Coruña tendría sin duda la forma de una inmersión colectiva, con las estrellas de mar chupando los ojos de los cadáveres, los pulpos abrazados a las cariátides modernistas y los cangrejos ocupando los escaparates de una lencería.

Pero antes, escribió Brigo, llegaría el rey Artur con un ejército de carroñeros pájaros justicieros, caballeros ellos de la Tabla Redonda.

Y nada más ponerlo en el papel, escuchó el anuncio de un tipo de chupa de cuero negro con tachuelas, con pelo verdirrojo y aro de pirata en la oreja, quien desde la puerta avisaba de la presencia de un jinete charro rodeado de una insólita banda de cuervos. Andy Brigo quedó pasmado. Luego, en compañía de la basca, salió en pos del heraldo, que ya iba seguido por un cortejo de admiradores.

Posaron los trescientos en los tejados de los edificios que en el Orzán miran al mar y fue entonces cuando Simón descabalgó y se puso a llamar en los porteros automáticos.

¿Quién es?

...

¿Quién llama?

...

Hola, hola. Pero ¿quién es?

...

Llevando a Albar por las bridas, presionaba con la otra mano los botones y arrimaba la oreja a la espera de escuchar la voz amada. El corazón le había llevado a esa parte de la ciudad.

Diga, diga.

...

¿Quién anda ahí?

...

¿Eres tú?

...

A media distancia y en silencio, los testigos siguieron a Simón por los portales. Las voces anónimas de los aparatos comenzaron a enmarañarse. Se crispaban, se repetían, de repente se reconocían.

¿Quién eres, quién eres?

Yo. ¿Y tú quién eres?

¿Cómo quién soy? ¿Y tú quién?

Pero ¿tú por qué me preguntas quién soy yo?

¿Quién pregunta qué?

Soy el cuarto A.

¿Eres el cuarto A? Pero si yo soy el noveno C.

¿Quieres subir?

¿Subir? ¿Adónde?

Gamberros.

Sí, gamberros.

¿Qué? ¿Quién llama?

Asomaron algunas cabezas por las ventanas e increparon a los jóvenes y ellos respondieron.

¡Borrachos!

¡Sinvergüenzas!

¡Anda que te den por el culo!

¡Quién es, quién es!, repetía una voz solitaria por el altavoz.

Desde un piso alto, alguien arrojó una bolsa plástica llena de agua que restalló como un látigo en el suelo. En la calle contestaron con botes vacíos que repicaban en los ventanales. Indiferente a la algarada, Simón siguió su ruta por los porteros automáticos. Ni siquiera prestó atención a la sirena policial. Sintió de repente que una mano fuerte lo sujetaba por el hombro. Giró. Se encontró con una mirada perpleja, fija en su sombrero charro. Lo apartó con el brazo de hierro de tal manera que el uniformado se tambaleó con el traspiés. Cuando le dieron el alto, ya Simón había montado en Albar, que arrancó al galope hacia la playa.

Una multitud curiosa se fue arrimando a la barandilla del paseo del Orzán. Corriendo, alegremente excitados por la refriega vecinal, llegaron los de la basca. Al final, con golpes de sirena, se abrieron sitio los refuerzos policiales. De un coche sacaron un foco que buscó el blanco del caballo. Corría Albar en ligero trote a lo largo del arenal. Luego se detuvo e hizo cabriolas sobre el encaje del bajamar. Toda la atención se desvió de repente hacia la nube de cuervos que graznando bajaron a revolar alrededor de las farolas.

Cuando intentaron localizar al jinete de nuevo, ya no se veía nada.

¡Se fue por el mar!, dijo Brigo.

Los policías lo miraron con incredulidad. Tenía la voz ronca, de tabaco negro y licor fuerte. La solapa de la chaqueta, cubierta de insignias. Sabían quién era. De la banda de los graffiti. ¿Por el mar? ¡Bah!

Era el rey Artur, tíos, lo dejasteis escapar. Siempre se os escapa.

44.

Y aquella tarde, contó Toimil al rey de Galicia, mucho más temprano que de costumbre, cuando
todavía la oscuridad no había sorbido los colores de
Spiderman en las paredes, llegó el hombre de la casa,
con gran estruendo de radio en el coche. Venía trajeado a su manera, la corbata aflojada en el cuello, y echó
a andar con tintineo de moneda y llaveros, con ese
punto en demasía decidido que da no el no estar bebido del todo.

La puerta estaba abierta. Ya había metido la
cabeza dentro cuando retrocedió y le miró la nueva
cara a la casa.

Spiderman jugaba con uno de los pequeños a
cabalgarlo en las rodillas. A su lado, en la mesa, hacían
los deberes escolares los dos mayores. Por el lado de la
cocina andaba Rosa, en la caliente calma del vaho de
un cocido. Cuando finalmente entró Cholo, todos parecieron ponerse de acuerdo en el acto de sonreír, lo
que lejos de agradar al llegado lo apartó todavía más
de aquella escena de una extraña familia feliz. Instin-
tivamente, arrimó los pies al fuego del llar.

¿Qué, cómo va el animal?, pregunto él.

Bien. Muy bien.

Spiderman dice que...

Me gusta cómo quedó la casa, dijo él, cambian-
do de repente de asunto. Ya me dirás cuánto te debo.

¿Qué va a ser? Nada, no me debes nada.

¿Cómo que nada? Los trabajos se pagan.

No, Cholo. El acuerdo fue por nada.

¿Qué acuerdo? Tú hiciste un trabajo, yo lo pago.

No, hombre, no. Fue una cosa así, ni trabajo ni nada.

Un trabajo es un trabajo, dijo él con sabiduría algo ebria.

Spiderman notaba ahora su presencia más cerca, los desconfiados ojos en él clavados con terquedad. No iba a soltarlo, estaba claro.

Un trabajo hay que pagarlo siempre. Se paga, bebemos algo, y todos tan contentos.

Anda hombre, dejémoslo estar.

¿Cuánto es?, insistió él. Tenía ya la cartera en la mano.

¡Coño, Cholo, no es nada! Sólo fue un pasatiempo.

¿Cuánto? ¿Veinte, cincuenta... cien mil?

Spiderman se levantó y dejó al crío en el suelo. Cholo extendió el billetero a la altura de su pecho. En el fondo de aquellos ojos vio Spiderman al compañero de la infancia que quería pescar truchas golpeando con un palo en el agua.

Somos amigos, Cholo.

No, si no cobras.

Está bien.

Miró hacia Rosa. En la esquina. De espaldas, ajena, entre el vapor. Un tarro de letras: Sal.

Está bien.

Así me gusta. ¿Cuánto es entonces?

No sé. Lo que quieras.

¿Treinta mil? ¿Te parecen bien treinta? Creo que treinta está bien.

¿Treinta? Muy bien. Treinta.

Ahora bebemos algo.

Sí, ahora bebemos algo.

¡Claro que sí! ¡Vamos a beber a la salud de nuestro amigo! ¡Nuestro amigo de Nueva York! Alzó el vaso y luego dijo como quien se arranca una espina: ¡Un brindis también por mi linda mujer!

Y cuando ya Rosa se acercaba silenciosa, con los ojos enrojecidos tras el hervor de la bandeja, fue él y preguntó: Por cierto, ¿cuándo vuelves allá?

Pronto, dijo Spiderman.

El mundo estaba en la pecera del vaso, deformado por el gran angular. Pudo ver la figura de ella en el fondo. Achatada, silenciosa como una india en las películas. Tomó un largo trago.

Sí, muy pronto. Me llegó hoy el contrato.

Y acabó la bebida de otro golpe y dijo que ya era tarde, que iba a cerrar la noche y no quería molestar más, a lo que protestó ritualmente el hombre de la casa, que hizo ademán de llenar otra vez. Pero ya Spiderman se alejaba y dijo un adiós para todos sin mirar a nadie. Y el adiós que dijo Rosa fue también de los de no apartar la vista de las cosas que traía ahora entre manos en el fregadero, sumida en la balada del agua.

Aquella noche, contó Toimil al rey de Galicia, mucho tardó la luz de la cocina en apagarse.

Rosa retrasó todo lo que pudo la hora de ir a la cama. Dormidos los niños, y aun después de que el hombre se desamarrase de la botella y se acostara, pasó la plancha al lote de ropa y luego aún cosió en los botones y en los rotos de la infancia. Y cuando subió, lo hizo muy despacio, conjurando los quejidos somnolientos de las tablas del piso. Se desnudó al lado de la cortina, con la luz de la luna, y buscó en el lecho el extremo más apartado del otro que roncaba.

No había cerrado los ojos, soñando despierta que había encontrado el sueño, viejo vagabundo barbado que la abrazaba dulcemente, cuando notó que el hombre daba la vuelta y comenzaba a palparla. E iba la mano sin tiento y sin vergüenza, cada vez más grande, enorme, brutal. Y tras ella vino todo el cuerpo, desatado, jadeando por el aliento. Vio ella cómo el sueño huía con espanto cojeando por los campos.

Él la sintió tensa, dispuesta a resistir, protegiendo el sexo con los muslos apretados, los brazos en guardia de los senos, endurecidas nalgas. Se creció él, con rabia y deseo, una fuerza maquinal, el placer de domar, rendir, ablandar, abrir y hacer gemir hasta el alma aquel cuerpo enemigo. Cuando vio que no cedía a pesar del esfuerzo y que tenía dos lágrimas en el nacer de los ojos, se puso como una furia y le dio dos bofetadas en la cara a mano abierta que sonaron a latigazos en la noche, y luego la cabalgó, y se hundió hasta el fondo, hasta donde nunca antes había llegado con su espada, haciendo palanca con los codos en el firme, mostrando los dientes a los ojos lacrimosos muy abiertos.

Cuando él se derrumbó y se convirtió en un peso muerto, toda aquella fuerza que se agitó en el combate se agolpó ahora en el pecho de Rosa. Yendo desesperada por la pradera tras el dulce señor del sueño, encontró un rastro de flores de sangre viva, pétalos de lágrimas de unos ojos hincados en el suelo, frutos parpadeantes desenterrados por la llaga del arado. Se apartó del hombre con asco. Sentía con vergüenza la mancha pegajosa de su sudor. Estaba muy despierta y dolorida. La luna, por la cortina, bordaba en la habitación con sombras chinescas. Se levantó, abrió el armario y cogió la pistola del arca de las joyas. Volvió a la cama y paseó el cañón por la silueta del hombre. No pensaba y no tenía miedo. Las sombras chinescas pandeaban levemente sobre la foto de la madre y le daban un poco de vida.

Nena, dijo la madre, ¿qué hora es?

Tarde, mamá, duerme.

¿Y tú?

Estoy desvelada.

No lo hagas, nena. Mancharás todo. Las sábanas quedarán sucias. La sangre es muy mala de lavar.

Duerme, mamá.

El cielo estaba tan encendido por la luna, contó Toimil al rey de Galicia, que había pájaros engañados piando en los laureles. Ella se echó fuera con la chaqueta del hombre sobre el camisón. Hacía frío. Con la luz de la luna nueva todas las cosas esperan algo. Cuando abrió la puerta de la cabaña, entró con ella un vaho luminoso del candil de la noche y el animal se volvió con brillo de lucero en los ojos.

Tampoco tú duermes. ¿A que no?

Conocía aquellos ojos. Sabía su secreto. Tiernos y altivos, dulces y salvajes. Se agachó y acercó la mano a la cabeza, sin miedo. La raposa se dejó acariciar por la nuca y el claro del cuello, cerrada la boca con dócil amargura.

Luego, Rosa se puso de pie y señaló la puerta, la libertad, la luna. ¡Vete! ¡Vamos, vete! El animal ni se movió. Rosa trató de incorporarla, empujándola primero, alzándola luego por el costillar, pero la raposa lanzó un quejido y luego se desplomó. Rosa lloraba. La acariciaba y lloraba.

Esta vez no dejaré que sufra.

Y es cierto que no se escuchó ni un lamento, contó Toimil al rey de Galicia, sólo el chasquido del arma. Fue lo que se llama una muerte limpia.

45

La campana notó que una mano inexperta manejaba el badajo. La hacía sonar de un modo enloquecido, irregular, juguetón. Llevaba mucho tiempo callada de no ser para funerales, pero hubo una época en que además de la muerte anunciaba con su propia música la hora de las grandes cosas de Arán: las misas, el nacimiento, la fiesta, el incendio, las cosechas, el alba, el ángelus, las ánimas. Los viejos que trabajaban los labradíos se descubrieron con reverencia las cabezas y miraron hacia el campanario, sorprendidos no obstante por el atropellado repique. Eran sólo unos niños que querían decir adiós con alegría.

¡Bajad de ahí!, llamó Rosa desde el atrio.

¡Marchamos, marchamos para la ciudad!, gritaron ellos hacia los campos.

También ella debería estar feliz pero entró en la iglesia con inquietud. Los altares estaban vacíos, con las ausencias de las imágenes marcadas en las siluetas de polvo de las paredes. Las vírgenes de Arán, la Santa María, la de los Dolores, la Asunción, la Inmaculada Concepción, la del Socorro, la Anunciación y la de la Esperanza, se custodiaban en las casas campesinas por temor a los ladrones de templos que ya habían saqueado capillas y parroquiales en toda la comarca. No se celebraban misas. Los feligreses más cumplidores acudían a los oficios de domingo a Néboa. El cura, que lo era de siete parroquias y trabajaba en un banco, sólo se acercaba a Arán para dar la última bendición a los difuntos. De vez en cuando venía gente de fuera, sobre todo en el verano, para ver las pinturas, las bellas damas del fresco de Arán. Pero las santas pecadoras sufrieron como nadie la intemperie, desnudas, sin la cal que las protegió durante siglos. El liquen verde de la humedad iba cubriendo los colores y ocultaba las figuras, también el esqueleto y el arquero de la muerte. Sólo Rosa podía verlas por entero, reconstruir cada detalle con los ojos. Se volvió hacia el altar mayor al notar una presencia. Había un ratón al lado del sagrario. Permanecía inmóvil. Parecía mirarla fijamente pero ella no se inmutó. Tampoco hizo nada por ahuyentarlo. Le devolvió, eso sí, la mirada.

Antes de marchar, pensó, debería barrer y traer unas flores.

Se me quedó mirando, señor, dijo Toimil al rey de Galicia. No al modo fugaz de otras veces. Venía de las ruinas del pazo con un ramo de camelias en la mano. Se paró y alzó los ojos hacia mí. Nunca la había visto tan hermosa. ¡No sé si podré vivir sin ella!

Un cuervo negro azabache se acercó volando desde el espantapájaros donde montaba guardia y se posó a la vera de ellos, en la chimenea.

Marchan, Simón, dijo el rey de Galicia. Ya sólo quedamos nosotros.

¡Se acerca tormenta, señor!, anunció el vigía de los trescientos.

¡Atención!, graznó el rey. Y en seguida ordenó con temeraria voluntad: ¡A contraviento!

Este libro
se terminó de imprimir
en los Talleres Gráficos
de Rogar, S. A.
Fuenlabrada (Madrid)
en el mes de abril de 1994

OTROS TITULOS PUBLICADOS